天使に見守られて

癌と向きあった女性の闘病記録

イェンス・グルンド＆メッテ・ホウマン
トーベン・ストロイヤー❖写真

フィッシャー・緑❖訳
須山玲子❖企画・編集協力

新評論

まえがき

〝……生きている間は、そこに死はない、
死がやって来ようとするとき、わたしたちはそこにいないだろう。
つまり生きているもの、死んでいるもの、どちらにもかかわらない〟

エピキュロス(1)

本書の主人公であるベネディクテ・ブローゴーは言った。

「死は、生の重要な一部分」

好むと好まないとにかかわらず、私たちはみな、いつかは死んでいく。私たちは死を、生きることの一つの条件として受け入れなければならない。そう意識すると、生きているもの、今は生きていてもいずれは失われていくものの美しさに気づくようになる。

(1) (Epikuros) BC341～BC270。快楽主義を説いたギリシアの唯物論哲学者。

文明社会に生きる私たちは、この世に誕生する生命をできるだけよい環境のもとで迎えようと努力をしている。そうであるならば、避けることのできない死との出合いも、可能なかぎりよいものにしようと努めるべきだろう。ホスピスにおいては、そこで働くすべての人々がそれを目標としており、患者も、自分がどのようにしてこの世を去るのかを自らの意志で選んでいる。

このような背景から、二〇〇三年の春、私たちはホスピスにいる一人の患者の末期を記録しようと決めたのである。二〇〇三年五月から死に至るまでの三か月間、私たちは四二歳のベネディクテ・ブローゴーに、毎日毎時間欠かさず付き添った。

本書は、癌を病む女性、彼女の夫、子どもたち、そしてヘレルップ（Hellerup）にある「聖ルカ・ホスピス」のスタッフたちに対して行ったあまたのインタビューをもとにして書いたものである。患者の考えや感情に関しては、当人が口にした言葉をそのまま再現している。説明文は私たちの観察によるものであり、場面の再現はベネディクテにかかわった人々の記憶によっている。

このプロジェクトを開始するにあたって私たちは契約書を作成し、ベネディクテにとって、あるいは彼女の家族にとってこのプロジェクトがあまりにも重荷になった場合は、いつ何時でも中止することを約束した。また、意識がはっきりしている間は、ベネディクテ自らが写真やインタビューの記録に目を通して確認をし、それが不可能になってからは彼女の夫がその役を引き継いでくれ、彼女の言葉が正しく伝えられるように努めた。そして、本書の文章と掲載された写真は、近親者とホスピスのスタッフが最終的に確認をしている。

ベネディクテ・ブローゴーは、デンマーク国内にもっと多くのホスピスができることを願って、自らの体験を公表したのであった。私たちが知り合ったベネディクテは、自分のことよりも、まずほかの人々のことを気遣うような女性であった。教会での埋葬の日、牧師は残された二人の子どもたちに次のように語った。

「ベネディクテがプロジェクトに参加したため、あなたたちもここ数か月にわたって取材され、インタビューされました。ベネディクテ自身が話をする力のない日もありましたが、それでも彼女は、自分の体験が将来の人々のためになることを願いつづけたのです」

民主的な情報社会のために、後世に何かを残す義務が人にあるとするならば、ベネディクテは市民としての義務を果たしたばかりでなく、多くの人々に対して奉仕をしてくれたのである。生きている者が学び、より良く生きられるように、ベネディクテ・ブローゴーは自らの生涯の経験を私たちに残してくれた。

ベネディクテ・ブローゴー、彼女の夫ピーター・クローデル、そして二人の子どもたちレアとエミールに心から感謝の念を表したい。彼らが無条件で私たちのプロジェクトを信じてくれなかったら、そして苦しい毎日のなかから日々の出来事や思いを私たちと分かちあってくれなかったらこのプロジェクトは完成しなかったであろう。

加えて、聖ルカ・ホスピスの管理者およびスタッフに、プロジェクトの期間を通じて常に協力的に対処していただいたことに対してお礼を申し上げる。

本書が、死に対するタブーを取り除き、恐れを幾分なりともやわらげ、同様の境遇にある人々の助けとなることを願ってやまない。

敗北を記憶に収め、

今、この瞬間に
画筆に黄色い絵の具を含ませて、
周囲の混沌にめげず
偉大なる者の夜の情景に到達し
そこで
深みを増す暗闇のなかで
輝く星を描く
その星がその瞬間に
キャンバスの上で
唯一の現実となるような
勇気ある姿を天使と呼ぶのだろうか

イェンス・ローゼンダール（Jens Rosendal）『彼等を天使と呼ぼう（Lad os kalde dem engle）』（Løgumkloster Højskole 1985）

本書は、聖ルカ・ホスピスの「静寂の間」のテーブルの上に置かれている。

もくじ

Når engle våger
beretning om den kræftsyge Benedikte Brogaards

by Jens GRUND, Mette HOVMAND and Torben STROYER

This book is published in Japan by arrangement with
JP/POLITIKENS FORLAGSHUS A/S
through le Bureau des Copyrights Français, Tokyo.

天使に見守られて

——癌と向きあった女性の闘病記録

第 1 章

完璧な家族

教会のステンドガラスの向こうに稲妻が閃き、一五歳になるレアの背筋に戦慄が走った。

隣には、父親と九歳の弟がうなだれてベンチに沈み込むように座り、白い棺の脇に立つ牧師の言葉に耳を傾けている。白ユリ、バラ、青いアイリスの花で簡素に飾られた棺の蓋の下では、切り絵の天使が死者の胸の上で微笑んでいる。

この中世の教会の上空をゴロゴロと低い轟きが駆け抜けると、説教の原稿を手にしていた牧師は一瞬言葉をとぎらせ、当惑したように窓の外を見上げてレアの気持ちを代弁した。

「ベネディクテがあまりにも若くして亡くなったことに、天までが抗議しているようです」

牧師自身も、この葬儀に心を動かされていた。二〇〇三

年八月の暑い夏の日の昼下がり、教会はベネディクテに別れを告げるために、そして妻と母を失った遺族を支えるためにやって来た人々でいっぱいだった。

ベネディクテの人生は、すべての人の生涯がそうであるように、予想通りの結末となる物語だった。誰の物語も、常に死をもって終わる。私たちがどんなにその存在を忘れようとしても、死は必ずやって来る。ときには、思いもかけず早くにやって来ることさえある。

しかし、人生には希望もある。時計の針といっしょに動く希望だ。奇跡のように穏やかな数日、心地よい数時間、痛みを伴わない死への願い――病が一筋の光を閉ざすとき、同じ一筋の光が別のすき間から射し込んでくる。

誰にでも、それは同じである。どんなに弱っているときでも、希望が私たちに力を与えてくれる。ベネディクテの

人生は、一人の人間として、また家族の一員として、生と死に真剣に立ち向かった者の物語である。

　彼女が私たちに教えてくれたことは、とてもシンプルなことだ。それは、死が生を悲劇に変えることはない、ということだ。

＊＊＊

　ベネディクテ・ブローゴーは、夫と二人の子どもたちと過ごすために一時帰宅をしていた。二〇〇三年五月三〇日、金曜日の暖かく気持ちのいい夕べだった。青い窓枠の小さな白い家のテラスで、彼女は車椅子に座って楽しそうに新鮮なイチゴを食べていた。

　この四二歳の女性は、ヴィドオア（Hvidovre）の町で愛する夫とともに暮らし、二人の子どもの成長を見守り、小さな池と木の上にはツリーハウスがある、生命に満ちあふれた庭を造り上げた。この白い家には、彼女がかつて暮らした思い出が詰まっていた。病が彼女を襲い、徐々にすべてを変えてしまうまでは、彼女もこの家で暮らす家族の一員だった。

今、彼女は過去の自分の居場所を訪れ、テラスでピーターと二人の子どもに向かって病院で知り合った一人の女性のことを話していた。ベネディクテは、この女性とは心を開いて話すことができたのだが、本当に親しくなる前に彼女は亡くなってしまった。

「その人、お母さんが話しかけたから死んじゃったの？」と、エミールがからかった。

一五歳になるレアは、半ば真面目に、半ばふざけて言った。

「人が死んじゃうっていやよね。死んじゃうなら友達になってもしょうがないもの」

ベネディクテにとっては、子どもたちのユーモアが心の救いだった。車椅子に縛り付けられてしまった今、二〇〇一年一二月二九日にヴィドオアヴァイ通り（Hvidovrevej）で起こったことを思い出さずにはいられなかった。急に腰のなかで何かが崩れ落ちた感覚に陥り、冷たい雪解けの道でまったく動けなくなっていたところを、通りがかった近所の人がタクシーで家に送り届けてくれたのだ。その後しばらくは松葉杖がないと歩けない状態だったが、病院で検査を受けるまでは原因が分からなかった。

レントゲン検査の結果は恐ろしいものだった。レントゲンには、白く明るい斑点があ

ちらこちらに写っていた。ベネディクテの脊椎、腰、肋骨、大腿骨、右肺が癌に冒されていたのだ。

たしかに、秋の間ずっと背中と足が代わる代わるに痛んではいたのだが、ときには痛みが消えることもあったので、まさかそれが癌によるものだとは思ってもいなかった。

彼女が癌に冒されるとは、まったく不公平なことで考えられないことだった。タバコを吸ったこともなければ、お酒もビール半分で酔っ払ってしまうほどで、食べるものにもずっと気をつけてきたのだ。

＊＊＊

ベネディクテは、一九六〇年一二月一三日にヴィドオアの中流家庭に生まれた。父のソーレンは物理の教師、母ゲアトルードは看護師だった。その後、弟が二人生まれたが、三人ともに健康優良児で、病気をしたこともインフルエンザにかかったことも風邪を引いたこともなかった。幼いころは、おとなしくてはにかみ屋の少女だった。

学校ではできるだけ目立たないようにし、自分の行動が人の注意を引かないように気

(1)　職業校校の技術・自然科学関係の科目に重点を置いた課程。

をつけていた。義務感が強く、宿題なども人が気づかないうちにすませていた。純粋にいろいろな科目に興味をもちはじめたのは、かなりあとになってからのことだ。

彼女は、母親と同じように自分も将来は看護師になると決め、初めのころは准看護師として働いたり、イギリスの高齢者施設で働いたりもした。しかし、看護師養成学校での勉強がはじまると、どうしても患者の立場に自分を置いてしまって精神的な苦痛を感じるようになった。それが理由で、看護師になる代わりに彼女はロスキレ（Roskilde）大学に入学して化学と細胞生物学を専攻し、卒業後はロドオア（Rødovre）高校、ついでイスホイ（Ishøj）技術学校のＨＴＸコース(1)の教師になった。

そして、一九八三年、コペンハーゲンカーニバル(2)の準備会場でピーター・クローデルに出会った。ピーターは彼女より二歳半年上で、ひょうきんで才能豊かなグラフィックデザイナーだった。

カーニバルの準備で、二人はパクパクと口が開く大きな張りぼてのタラをつくった。金属の棒を半田《はんだ》づけして金網を打ちつけ、その棒を引っ張るとタラの口が開閉するように工夫をした。カーニバルのパレードのとき、通りがかりの人を捕まえてタラの口のな

（2）　1982年に始まったコペンハーゲン財団が主催する最大の文化行事。オーケストラ100楽団以上、野外舞台８か所が参加。2009年は５月29日～31日に開催されるが、今年が98回目となる。

かで仮装のメークアップを施すというのが二人のアイデアであった。

ベネディクテは、ピーターがそばにいないと何かが欠けているような感じになることに気づいた。

「何かが変なの」と、彼女は言った。

「僕も、君のことを同じように思っているよ」と、ピーターは答えた。

カーニバルの夜、恋に落ちた二人は、コペンハーゲンの街路に散乱しているガラスの破片も気にせずに朝の四時まで踊りつづけた。昼近くに目覚めたとき、町中を引きずったタラのペンキで二人とも体中が真っ青になっていた。

一九八七年にレアが生まれ、二人は親となった。そして六年後、ピーターは巨大な花束を手にしてベネディクテにプロポーズをした。ところが、驚いたことに彼女はすぐにそのプロポーズを受けなかった。ベネディクテは、「いったい何のために?」とピーターに尋ねたのだ。

とはいえ、その後二人は市役所で挙式をし、一九九四年に二人目の子どもエミールを授かった。

ヴィドオアの小さな白い家は、ベネディクテの両親の家から五〇〇メートルと離れていない。「ベネディクテが病気にさえならなかったなら完璧な家族だったのに……」と、レアの友達の一人が悔しがった。

＊＊＊

二〇〇二年一月、ベネディクテに化学療法がはじめられた。治療は一一回にわたる予定だったが、最初の二回でベネディクテは一五キロも体重が減り、それ以上つづけることが不可能となった。二度目の治療で右肺の影が消えたので、この治療方法を中断することは非常に辛い決断であった。

彼女は日に日に弱っていき、自力でベッドから起き上がることもできなくなったため、病院は歩行器と車椅子を用意した。

自宅を増築して二階を造る計画があったが、それは諦めなければならなかった。ピーターは主任設計士として「エクスペリメンタリウム」(3)の展示場の現場監督をしていたが、以前にも増して身障者の利便性を考えるようになった。

（3）　1981年に開館して以来、絶大な人気を博す全館参加型・体験型の科学技術館。コペンハーゲン市の中心部より約7㎞北に位置する。

二〇〇二年、勤務先に病欠届けを出したままのベネディクテの症状はますます悪化していった。ある秋の日、彼女は勇気を奮ってヘレルップ（Hellerup）にある「聖ルカ・ホスピス」に連絡をとり、必要となったら入院できるかどうかを尋ねた。「ホスピスには一二室しかなく、入院できるチャンスは宝くじに当たるようなものです」という返事が返ってきた。

申し込みをしていても、死亡する前に願いがかなったという患者は六人に一人という割合だった。それでも、ホスピスから看護師がベネディクテの家へやって来て面接を行い、状況を検討した。ベネディクテにとって、ホスピスが必要なのは疑いようのない事実であった。

たしかに彼女は弱っていたが、何もできないというほどでもなかった。ホスピスの介護を享受するためには、患者の意識がはっきりしていて、周りの人々とコミュニケーションがとれなければならないのだ。しかし、ピーターにとってはホスピスの話は思いもよらないことだった。ベネディクテがいつかそんな所で命を終えるとは彼には想像もできなかったし、彼女がホスピスに入ることなどとうてい受け入れられないことだった。

「お母さんはホスピスなんかに行ってはいけない。そんなことをしたら、家族がお母さんを見捨てたのと同じじゃないの。お母さんの世話なら私たちでできるわ」

と、レアも激しく言い放った。しかし、内心では、それが事実にそぐわないことも分かっていた。

ピーターは日を追うごとに心身が疲弊していった。四六時中ベネディクトに付き添い、彼女から助けを求められればどんなときでも対処をせねばならなかった。まるで、希望も喜びもない状態で赤ん坊を抱えているようなものだった。ピーターは自らの力不足を痛感しながら、日中、所かまわずふいに深い眠りに落ちてしまうこともしばしばだった。

二〇〇三年一月、ベネディクテは赤血球の再生機能を失ってしまった。ピーターも疲れ果てていた。夜中にひっきりなしに起こされたうえ、一家の大黒柱として子どもたちの世話もしなければならなかった。

ベネディクテが入院すると、正直ピーターは救われたような気持ちになった。夜には家に戻ることができるし、子どもたちも正常な日常を取り戻したのだ。

ベネディクテを病院に見舞うたびに、ピーターも子どもたちも、これから通る道のりとその終着点がどこにあるのかを認識させられた。医者の往診も稀になり、もうすぐ死が訪れるだろうという宣告こそなかったが、それはなくても同じことだった。ベネディクテが入院しているかぎり、病院は否応なしに医学の無力さを突き付けられて苦しんでいる、とピーターは感じていた。病院にとっては、ベネディクテは成功例とはなり得なかったのだ。

入院してから三週間目、ベネディクテの介護はますます困難になってきた。極度に体重が減ったにもかかわらず、彼女を動かすことが難しくなっていた。肌には張りがなく、皮膚が体にぶら下がっているようだった。そんなとき、ホスピスから電話がかかってきた。

「空き部屋がありますよ」

ベネディクテは躊躇しなかった。ピーター、エミール、そしてベネディクテの母ゲアトルードは、早速ヘレルップのホスピスへ見学に出かけた。ピーターはデジタルカメラで内部の様子を撮影し、その写真を、後日エミールが自分の学校のクラスで披露した。

見学している間、エミールはあまり口を利かなかったが、美しく手入れされた庭とガラス窓のモザイク模様に目を奪われていた。灯されたロウソクの光ややさしい看護の女性たちは、エミールの好奇心をこのうえなく刺激した。エミールは、ホスピスで死の陰を感じることがなかったのだ。

＊＊＊

二〇〇三年一月末日、ベネディクテは救急車でホスピスに向かった。施す治療がもはやないことを改めて痛感し、彼女は恐怖に襲われていた。これからどのように進行するかも分からない病に、彼女の運命はゆだねられてしまったのだ。

ピーターがホスピスにたどり着いたとき、ベネディクテは二〇三号室に横たわっていた。部屋の空気は穏やかだった。

ベネディクテは、これまでの病院の三人部屋という落ち着きのなさから開放されて個室に横になっていた。この穏やかさによってピーターも、ベネディクテが健康になるためにまだ何かしらできることがあるのではないか、次の薬では効果が出るのではないかと始終心を悩ますこともなくなり、救われた気持ちになった。

ベネディクテは治療のためにホスピスに入所しているのではなく、人としての尊厳を保ったまま死を迎えるためにここにいるのだ、と彼も理解した。ベネディクテが亡くなってもホスピスのせいではない……ピーターの気持ちは落ち着いた。

とはいえ、内心ではあれこれ思いわずらい、ピーターは苦しんでいた。言ってみれば、生きて地獄を見ているようだった。

ベネディクテを失ってしまったら家族はどうなるのだろう。また、ホスピスのなかで、どのようにしたら家族としてまとまっていられるのだろう。ホスピスを、訪問する場所ではなく、子どもたちとともに家族が暮らす場所とすることができるのだろうか。

第 2 章

生命の木

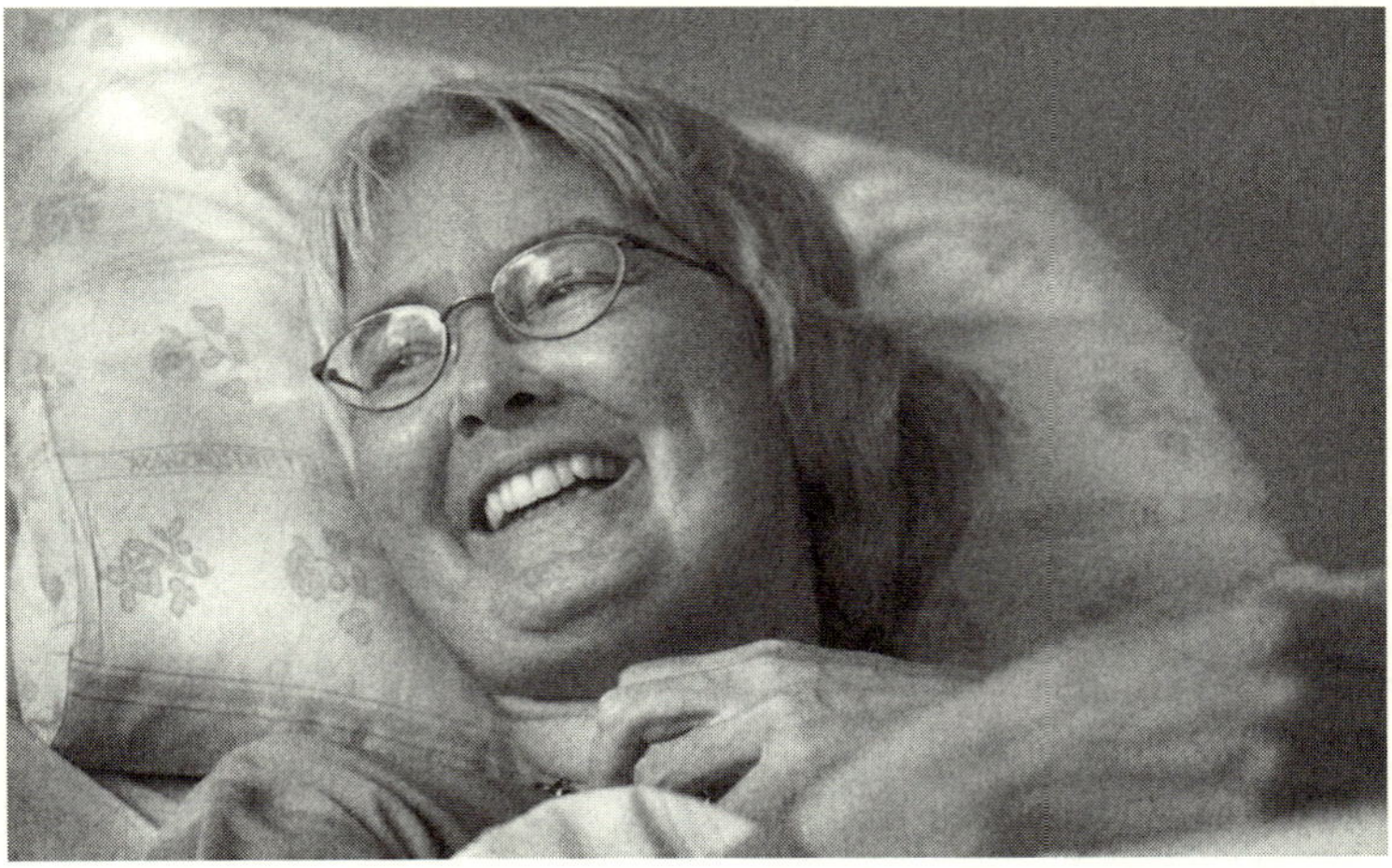

ベネディクテは何度も死を免れた。

二〇〇三年一月三一日にホスピスに移ってから、ピーターも、子どもたちも、ホスピスのスタッフも、彼女の最期が近づいたと思ったことが二度ほどあったが、そのたびにベネディクテは元気を取り戻した。そのため、医者と看護師たちはベネディクテの余命を予測することは控えるようになっていた。

聖ルカ・ホスピスの患者の平均入院期間は一七日だが、今は六月二日、すでにベネディクテは二〇三号室で四か月も過ごしており、周囲の者たちを驚かせていた。

なんだか不思議だ、と彼女自身も思った。いつまでもホスピスのベッドを占領するなんて許されないことなのに……。

しかも、ベネディクテは久しぶりに快適な気分を味わっ

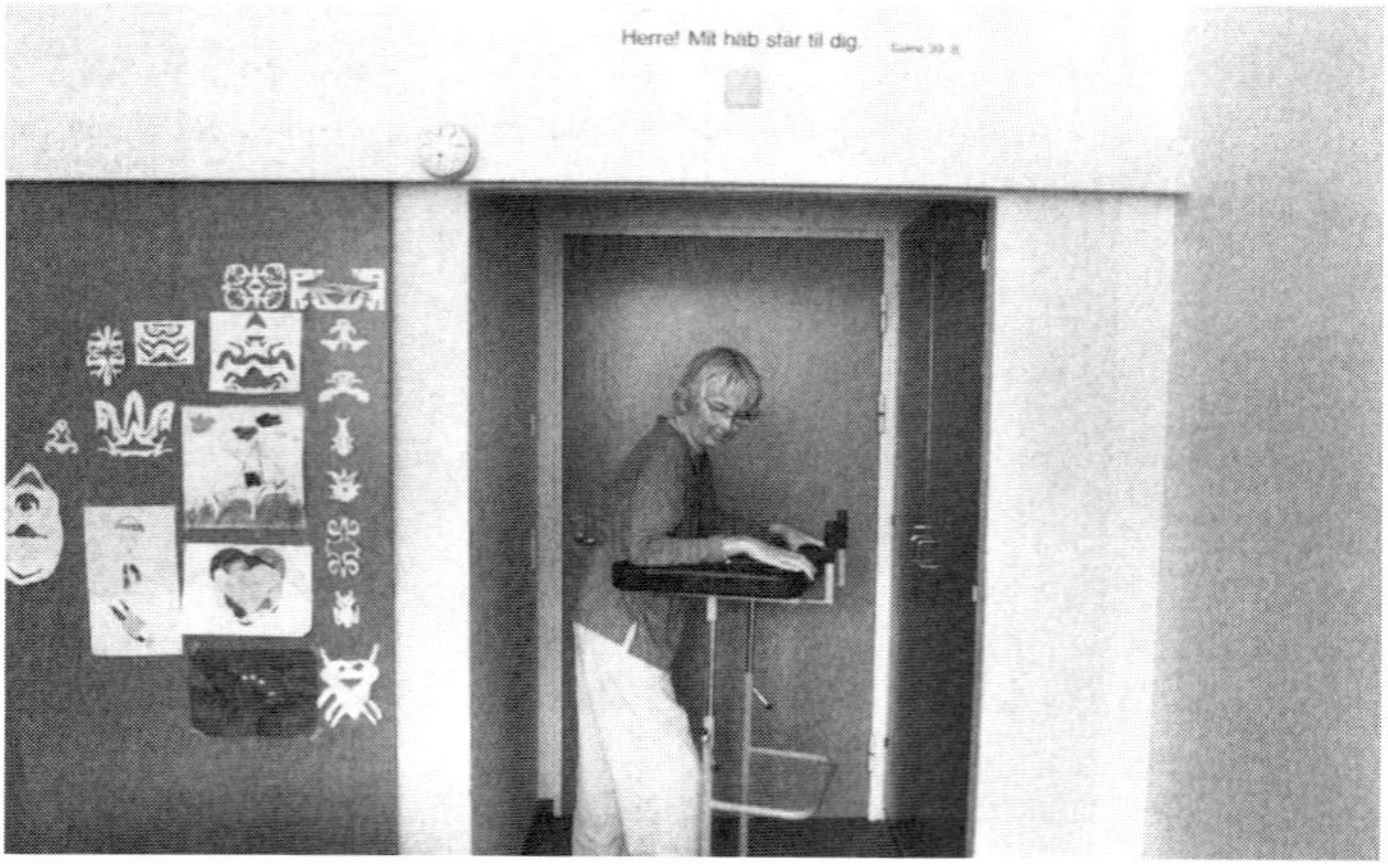

ていた。つい先日、彼女は自宅に戻ってピーター、レア、エミールと過ごしており、今朝もホスピスのベッドの上で気持ちのよいひとときを味わっていた。

左手の壁には、九歳になる息子のエミールや友人の娘が描いてくれた絵が貼ってあり、ベネディクテの心を和ませてくれていた。そして、正面の壁には紙の天使が微笑みかけていた。エミールがつくってくれた切り絵の天使である。また、ベッドの右のテーブルの上には美しく咲いたユリとアジサイとバラが生けてあった。そのうしろの壁にかかっている写真のなかでは、夫と子どもたちが楽しそうに笑っている。エミールの歯がまだ生えそろっていないころに撮ったものだ。

部屋には、ほかにも黒いテレビと古めかしい肘掛け椅子があり、それが四二歳になる癌患者の生活の場のすべてだった。しかし、寂しさを感じる暇もないくらい、両親、ピーター、子どもたち、そして友人たちが毎日のように訪れてくれていたし、ベッドサイドの電話もひんぱんに鳴っていた。

心を開くまでに多少の日数がかかったが、今、彼女は感謝の気持ちをもってホスピスのスタッフと交流していた。必要となれば、それが夜中の三時であってもスタッフはべネディクテと話をするために時間を割いてくれた。看護師たちの多くは、ホスピスに勤める前に厳しい現実を体験したり、外国で働いたことがあり、経験が豊かでしっかりとした頼りがいのある人たちだった。

ホスピスでは自炊もできたので、ピーターと子どもたちもまるで我が家にいるような気分で過ごしていた。

＊　＊　＊

看護師が一人やって来て、ベネディクテのベッドをエレベーターに乗せ、三階のテラスにつれていってくれた。ベネディクテは、そこで手すり越しに六月の青空と木の梢、庭の景色を楽しむことができた。

黄色の古い建物に囲まれ、大きな門をくぐらないと入れないその庭はまったくの別世界だった。道路の騒音は遮られ、鳥たちがさえずり、庭の真ん中には、アメリカ樫の大木が絵のような影を芝生に落としていた。その樫はあまり高くはなかったが、幹は太く、枝ぶりは直径三〇メートルにも達していただろうか。まるで、命の木イグドラシル(1)を連

（1）（Yggdrasil）北欧神話、世界の木、巨大なトネリコの木で、その梢は天に、根は地獄に届く。

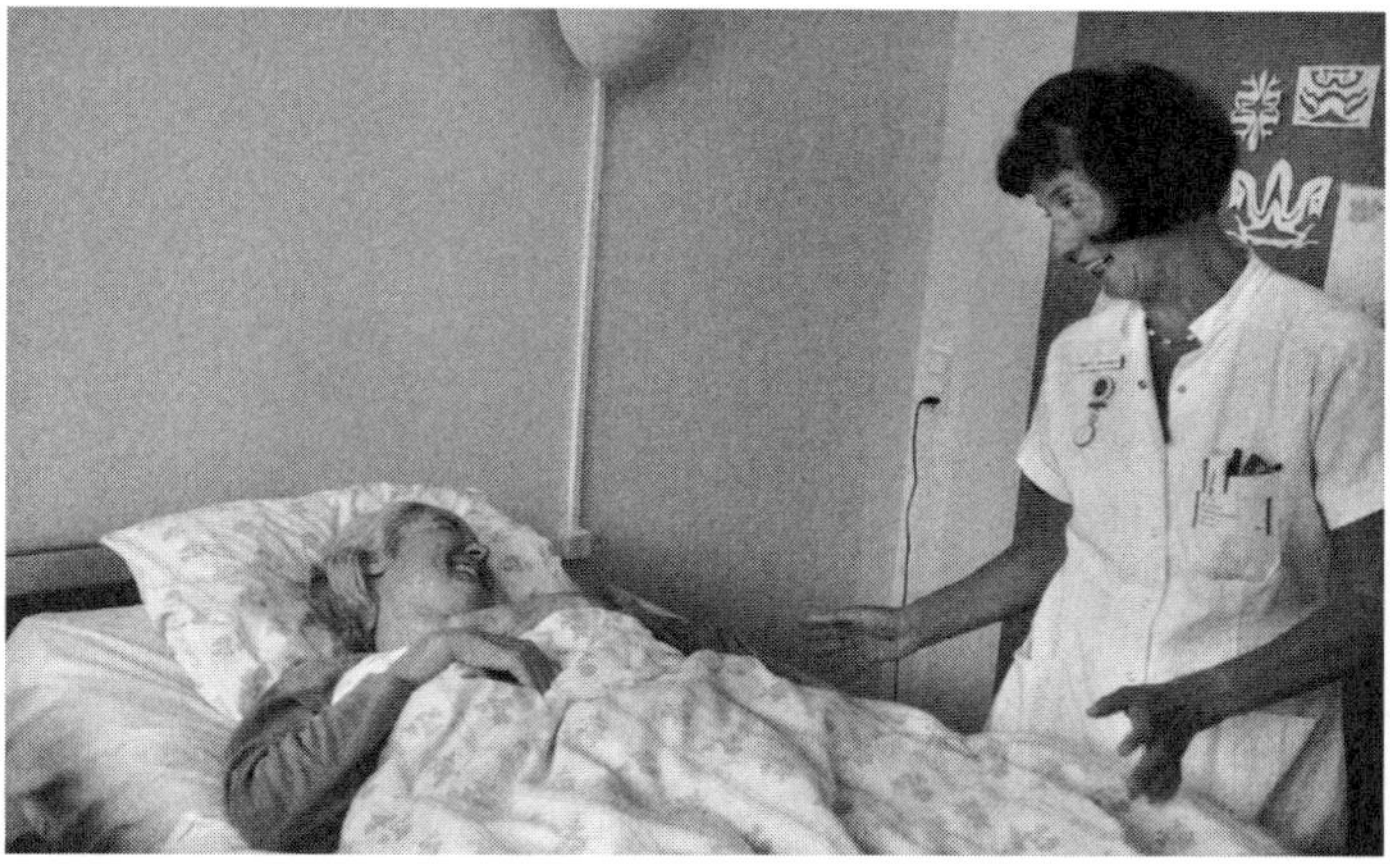

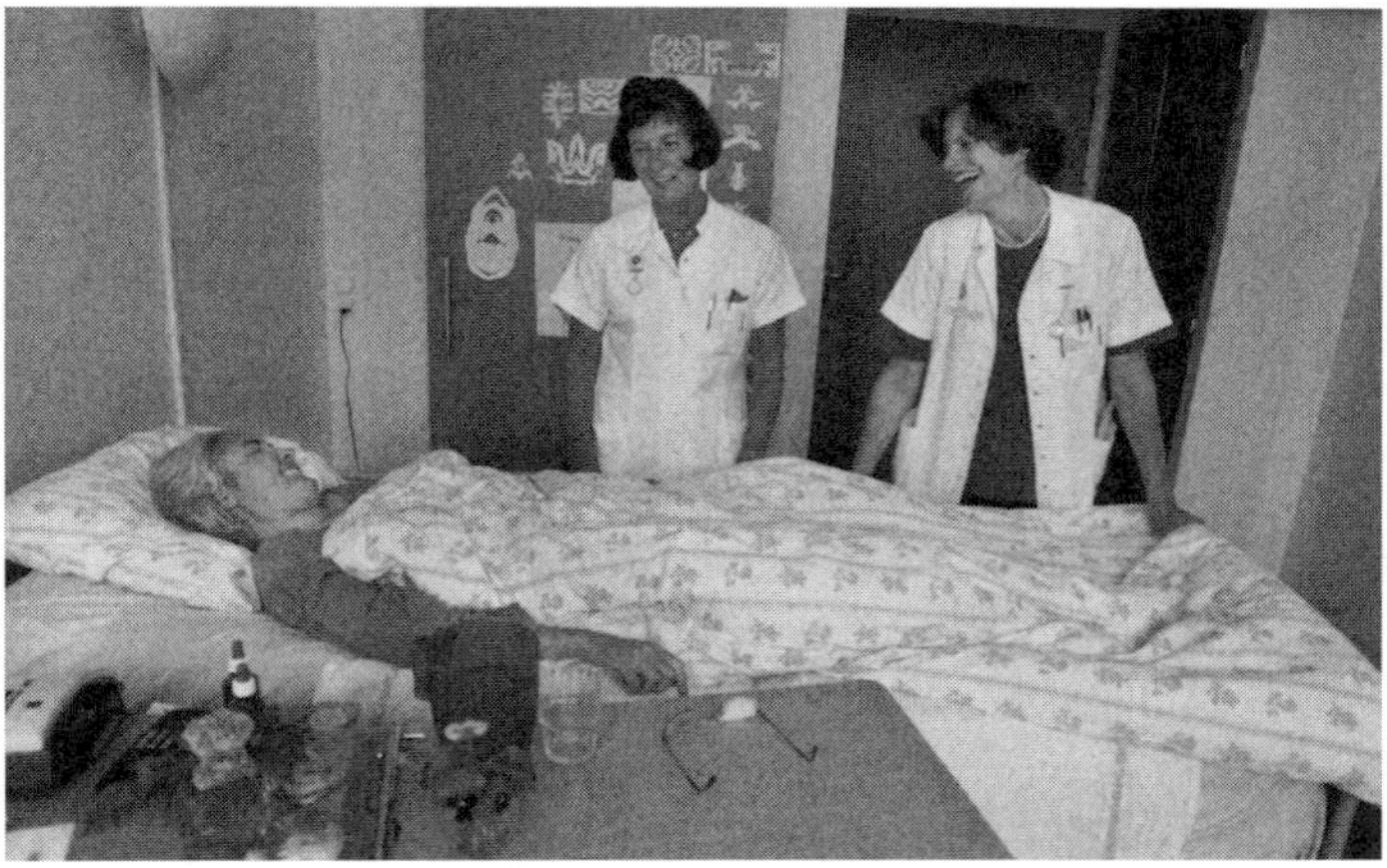

想させるような大木だった。

ベネディクテは、この木の若葉が芽吹いてゆく過程を楽しんでいた。生物学を専攻した彼女は自然を愛していたのだ。

屋外の空気を吸って、ベネディクテは健康な体に戻ったような気分になった。彼女の頭のなかは、テラスから戻るころには幸せだったバカンスや子どもたちといっしょに行った旅行の思い出でいっぱいになっていた。

以前、死が近づいたと思われたとき、複視(2)の症状が現れたことがあった。枝を張った木の姿が亡霊のように見えた。恐ろしさのあまり彼女は、目を閉じて自然の音に耳をすませた。五感に異常が出ると気が狂いそうになったが、今また、こうしてものがはっきりと見えることがむしろ不思議に思われた。若葉が芽吹いて葉が広がっていく様子を見ることはまるで奇跡ともいえる贈り物で、再びそれを味わえるとは思ってもいなかった。

手すりのそばで布団から顔を出していると、涼やかな風がベネディクテの髪を乱した。その風が頬をなでた途端、彼女の顔がこわばった。舌がもつれるような感じがして、唇がなくなってしまったかのような気がしたのだ。あごの筋肉がつって、声を出そうとし

（2）　多くは眼筋麻痺によって、外界の一つの物体が異なった場所に二つに見えること。

ても歯を食いしばるばかりだった。

ベネディクテは、すでに自分の容姿に関しては自信を失っていた。今も十分美しかったが、彼女にはもう以前の自分の顔ではないように感じられ、まるで仮面をかぶっているようだった。薬のせいで以前よりも丸顔になり、友達もベネディクテと分からないほど表情が変わっていた。

自分の体が自分のものとは思えなくなっていた。体は薬にコントロールされていて、自分の意志ではどうすることもできなかった。とはいえ、生きつづけるためには薬が必要であることは分かっていた。

怯《おび》えがやって来ると、人は通常それを腹部で感じるのだが、彼女にはそれができなかった。口の感覚もなかったため、食事をとるときも鏡を見なければならなかった。あるとき、片方の鼻から鼻水が出ていているように感じて触ってみると、鼻の下は乾いていた。

自分の状態を把握するには骨が折れた。ときには、ふっと自分を客観的に眺めることもあり、そんなときは「ああ、こんなはずじゃなかったのに……私の生涯はこんなものになるはずじゃなかったのに」と、思った。

このようなとき、彼女は病に襲われる前のことを思い出した。心から、昔の生活を取り戻したかった。子どもたちが恋しい。もう一年半もの間、普通の、当たり前の一日を子どもたちと過ごしていないし、その間、二人がどのように成長しているのかを知る由もなかった。本当に辛かった。

それでも、二人が訪ねてきてベネディクテに抱きついてくると、彼女は億万長者にでもなったような気がした。子どもたちは癌がうつらないことを知っており、彼女に触ることをいやがりはしなかった。

ベネディクテは、どんなときも子どもたちを守ろうと心に誓っていた。病気や死から子どもを守ることは母親としての責任だ、と思ってきた。しかし、今はそれができない。母親にとって最悪の運命は子どもたちを失うことであり、次に悪い運命は、自分が子どもたちのもとから去っていかなければならないということだ。

ベネディクテは、子どもたちの信頼にこたえられる母親でいることをいつでも第一にしてきた。必要なときには、いつでも子どもの悩みを聞いてやれる母でいようとした。しかし今、彼女は死に直面している。励まして支えてやることができないと知りながら、子どもたちを社会へ送り出さねばならないのは辛いことだった。それは、母性という自然の法則に逆らうことであり、心が痛んだ。

ベネディクテは、ほかの人からの信頼に値する人間であろうといつも心がけてきた。それなのに今は、自分が明日この世にいるかどうかも分からない状態となっている。すでにレアは、「この前、もうすぐ死ぬって言ったじゃない……」などと言うようになっていた。

実際、死はすぐそばまで近づいていたが、スタッフが薬の量を注意深く調整してくれているおかげでベネディクテは小康状態を保って生きつづけていた。

死が近づくと、周りの世界はとても小さく狭くなっていき、自分のことだけしか考えられなくなる。それは肉体的にも同じで、ベネディクテは一メートル先しか見分けられない状態を体験していた。周囲がすべてぼやけてしまっているなかで、自分が死ななければならないという事実を受け入れる用意はできていた。しかし、一五歳の娘と九歳の息子を残していかなければならないと思うと、生きることに対して妥協することはできなかった。

子どもとの親密な時間を一日に二〇分もてれば十分であるという説を、ベネディクテはまったく信じていなかった。子どもには常に親が身近にいることが必要だし、子どもとの生活には言い尽くせないほどの意義が含まれていた。手放すことなんてできない、でも、そうせざるを得ない。頭では分かっていても、どうしても受け入れることができなかった。

ピーターとベネディクテは、病の初期のころから子どもたちにその経過をできるだけ説明してきた。事実を伝えることが大切だと聞いていたからである。なぜなら、たとえはっきりと説明しなかったとしても、子どもたちの生活から親の病を切り離すことはできないのだ。

しかも子どもたちは、大人が想像する以上に事実を読み取る能力を備えていた。「母親が回復することはない」と聞かされても、レアとエミールは驚かなかった。子どもたちにとって一番辛いのは、そういう言葉を聞かされることではなく、母親の状態が悪化していくのを目の当たりにすることだろう、とベネディクテは思った。言葉で説明を受けて、子どもたちはむしろ気持ちが落ち着いたようだった。

すでにベネディクテの命は、この瞬間の「今」のつながりでできていた。一時間、あるいは一〇分という小刻みな「今」。

ときには、突然食べ物が飲み込めなくなり、もう自分は死ぬかもしれないと恐怖の念に駆られることもあった。そのようなとき、はっとして自分はもう長くないと思ったりした。でも、そう思ったところでどうなるものでもない。往々にして、人はどうしようもないことに心を煩わせ、はっきりとしていることに対する準備を怠ってしまいがちである。

「私は『今』というこの一瞬を生きるより仕方がない。さもないと、残された時間を浪費してしまうから」と、ベネディクテは考えた。

＊＊＊

翌朝、ベネディクテは八時半に目を覚ました。看護師がやって来て「おはよう」と言い、カーテンを開いた。ベネディクテは食欲が回復しており、トースト三枚を、チーズ、ジャム、そして戸棚にしまってあったイタリア産のソーセージとともに平らげた。

看護師が搾ってくれたオレンジジュースも飲み、大嫌いなアロエヴェーラのジェリーも飲んだ。アロエは、ホルモン治療で傷められた皮膚を滑らかにしてくれるということだった。

ベネディクテの体重は、一五キロほど減って五五キロまでに落ち、それ以後はもう体重を測ることはなかった。

昨日の午後、ピーターが彼女を車で迎えに来て、ウアスン橋（Øresundsbro）を渡ってマルモ市（Malmø）の気功師の所に連れていったが、ヒーリング療法の必要がないほどベネディクテは元気いっぱいだった。

遠出をしたおかげで今日はとても疲れていたが、彼女はほほえみを絶やさずにスタッフや友人と話しながら笑い声さえ上げた。ベッドの脇へ足を伸ばしてスリッパをはき、歩行器を押しながら病室を出ると、アカガシワの太い枝をくぐって池に金魚が泳いでいる日本庭園まで歩いていった。

外へ出て、太陽の光を肌に感じて素敵な気分となった。私の世界は本当に小さい、と彼女は思った。一日に、ＣＤ一枚の音楽を最後まで聴くことができれば十分だった。

並大抵の疲れ方ではなかった。交通事故の被害者なら、再び体を鍛えることができる。彼女の体は、すでに訓練に耐えられるだけの力はなかった。

痛みや症状を抑えるために数々の医薬品が使われていた。朝、昼、晩の少量のモルヒネ、副腎皮質ホルモン、胃潰瘍を予防する薬、胃の機能を調整する点滴……彼女が一番恐れていたのは、病気が頭部まで広がって脳を冒すことだった。脳にさえ広がらなければほかの部分は何とか我慢する、と彼女は考えていた。明晰な頭脳と理性だけは、失われてはならない。

後頭部にしこりを感じたのはそんなときだった。しかし、ベネディクテはすでに死とは和解している。以前は死が恐ろしかったが、もうそれはない。今となっては、死そのものが問題ではない。貴重な生きている時間を死を恐れるこ

とに割くのは浪費でしかなく、意味がないと思うようになっていた。大切なのは「生きている」ということである。もちろん、死は究極の境界線ではあるが、ベネディクテは死そのものよりも、死の直前まで自らの症状がどのように悪化していくのかを恐れていた。

「生きている間は、生きるために生きなければならない。死なないためにだけ生きるのではなく」と、ベネディクテは考えた。

小さな池の淵でベネディクテは歩行器の向きを変え、二〇三号室に戻った。まず一方の足、そしてもう片方の足をベッドに持ち上げ、次にボタンを押して電動式の背もたれを上げて、ベッドの上で体を起こして座れるようにした。

＊＊＊

二時半になるとドアをノックする音が聞こえ、一人の女性が顔をのぞかせた。

「どうぞ。アンネさんこんにちは」と、ベネディクテは嬉しそうに答えた。

縁が紫色のメガネをかけた女性は、身をかがめてベネディクテを温かく抱擁した。一年半ほど前、二人は癌患者のための笑いのセミナーで知り合った。死を身近に感じて生活をしている人々の間には連帯感が生まれる。アンネの骨髄癌は今のところ静かにしているが、いつかは再発するであろうと診断されていた。彼女は、五〇歳になったばかりだった。

「癌患者だって笑うことはできるのよ」と、ベネディクテはサンタクロースのように低い声で笑ってみせた。次いで、ウフェ・エレマン(3)の豪快な笑いも真似てみせた。

アンネも笑って答えた。

「ベネディクテは普通の人とは違うのねぇ。強くて、エネルギッシュに生きている」

それを聞いていたベネディクテは、しばらく考えてから次のように答えた。

「私の生涯はとてもちっぽけなものよ。でも、そこから何かを得る努力はできるわ。あれだけ死に近づいたあともこうして生きつづけることができるなんて、大切な贈り物をいただいたみたい。だから今は、味わうことを楽しんでいるの。そういえば、弟たちがこの間、本物のキャビアを持ってきてくれたのよ。死ぬ前に一度は味わっておくように、と言って」

（３）（Uffe Ellemann Jensen）1941〜。デンマークの元外相で、豪快な笑いが印象的な人物。

第 3 章

河口にて

個人情報を記録した三つの書類の山の一番上に、それぞれ死亡証明書が置かれていた。三人とも、聖霊降臨祭の週末に亡くなったのだ。

六月一〇日、火曜日、七時三〇分。ホスピスの当直室では、昼勤の七人の看護師たちが夜勤の二人に「おやすみ」を言って交代し、コーヒーをいっぱいに入れたカップを片手に丸テーブルに集まり、その日の仕事の割り当てを確認していた。

亡くなった三人のうちの一人は、前日、静かに息を引き取ったばかりで、家族が死後もずっと付き添っていた。

「あの方の病状はまったく予想がつかなかったわね。毎日のように変わって……」と、一人の看護師が言った。

数分後、看護師が二〇三号室へ朝食のお盆を運んでいくと、ベネディクテはすでに目を覚ましていた。

「おはよう。でも変ね。あなたが二人いるみたい」と、ベネディクテが言った。

複視がまた現れはじめていた。以前、同じ症状が現れたとき、ベネディクテは死のすぐそばまでいったので、今また同じ症状が現れたことでベネディクテは恐れを感じていた。今朝は背中の痛みも激しく、汗もたくさんかいていた。

「なんだか、病気がお薬の効き目を追い抜こうとしているみたい。目がちゃんと見えて、あんなに嬉しかったのに」

彼女は意識をしっかり保とうと努めた。

聖霊降臨祭の月曜日、家族や友人とともにピクニックに出かけた。エミールは、ベネディクテが座っている車椅子によじ上ってきた。家族といっしょに木陰を散歩しながら、ベネディクテは自然を満喫していた。そして、最後にピー

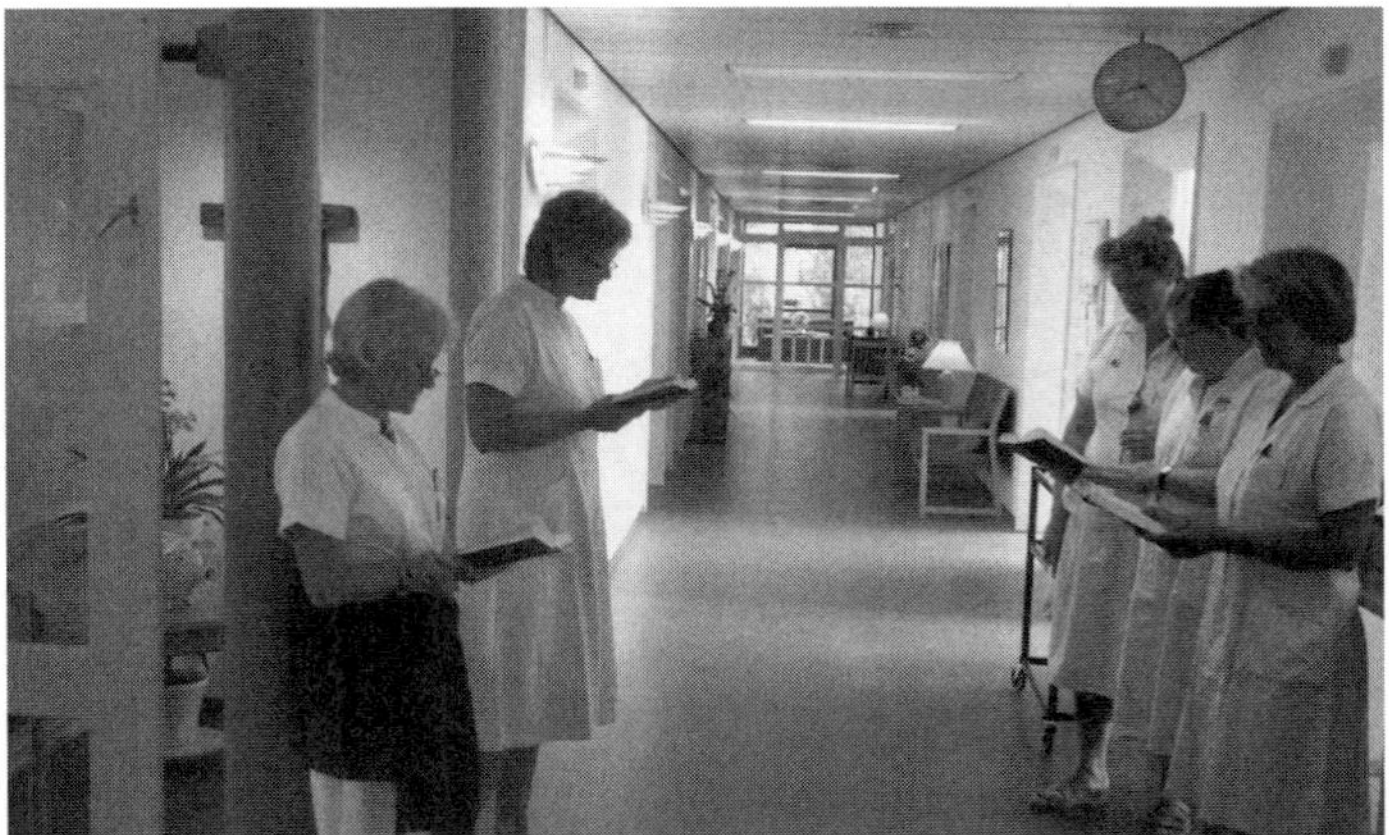

ターが車椅子をホスピスの敷地内へ押し入れたとき、彼女は思わず大声で泣きだした。ホスピスに戻りたくなかった。生きている人の世界にいることがあまりにも幸せだったので、自分が死への途上にいることが辛かった。

このところ、ホスピスの患者の出入りが激しいことにベネディクテは気づいていた。何を見たというわけではなかったが、感じ取っていた。空気は明らかに変化していた。目の隅にとらえられた空の部屋、音の響き方のちがい、廊下に立てかけられたマットレス。

新たに入院してきた患者の多くは、薬の効果が出るまで痛みに耐えかねて悲鳴を上げていた。新しい環境に慣れずに頭が混乱していたり、薬の調節がうまくいかないこともあった。

ベネディクテの周囲で患者が次々とこの世を去っていくのは、気持ちのよいことではなかった。しかし、患者は死を迎えるためにホスピスにやって来るのだ。

このホスピスが開院して以来、一一年間に病気が回復した患者は一人としていなかった。ベネディクテにとっては、統計が提供している情報は救いにならないものばかりだった。回復することなど、彼女にとっては奇跡でしかなかった。もしかしたら回復するかもしれない、という希望をもちつづけることは非常に困難だった。ホスピスを去るときは亡骸《なきがら》として出ていかなければならないという予感が、すべてを悲観の薄明かりで覆っていた。それでも、彼女は常に奇跡を望みつづけていた。

ベネディクテは、死ぬということに対してはっきりとしたイメージをもっていた。その情景をすでに見ていたからだ。

彼女は、広い川の流れの真ん中を漂うボートに横たわっていた。鳥のさえずりが聞こえ、ボートのなかは気持ちのよい木の香りがした。流れに運ばれながら、もし川岸から木の枝でも突きでていたら、それをつかんで岸にはい上がろうと思った。でも、そんな枝がなかったら、いずれは海へ押し流されてこのまま死ぬのだろう。しかし海は、威圧するような広がりではなく、穏やかで、まるでふるさとへ戻るようだった。

今のベネディクテは、まさにそのような状態にあった。生きつづけるチャンスを与えられるのであれば、それをつかもう。そのためにも、意識をはっきりと保つことが必要だった。その瞬間が訪れるなら、必ずそれをつかみたい。しかし、意識をはっきり保つことは病に苦しむ者にとっては大変難しい。自らのなかへ逃げ込み、動物のように巣のなかに隠れてじっとしているほうが楽だった。ベネディクテは、「生に満ち足りて死ぬ」という言葉が好きだったが、彼女はまだ満足などはしていなかった。

この間、死が近づいたとき、彼女はあちらの世界に死を感じた。時間も空間も存在しなかった。十分すぎるほど開けた広がりで、そこでは、すべてが手袋をはめた指のようにぴったりとそれぞれの位置に収まっていた。彼女は、自分が行く着く場所が自らの属する場所であると感じていた。以前そこにいたことがあるような、そして、今また去っていかなければならないような場所だった。まるで、すべてが自分の力を超えた英知によって導かれているようだった。

だからこそ、ホスピスのスタッフがすすめる薬を受け入れて、自分の見た「その場所」から自らを遠ざけようとしているのは自然の摂理に逆らっているようで、なんとも不可解だった。すでに自分が死ぬときが来たと感じているのに、六月のこの青い日に薬を受け入れたことは正しかったのだろうか。しかし、また同時に、子どもを残して死んでいくことも自然の摂理に反することだった。

病人の場合、死への歩幅は非常に狭い。健康な人にとっては、その歩幅はとても大きなものだとベネディクテは思った。

ベネディクテは発病する前から神の存在を信じていたが、彼女の信仰は今では何か変わったものになっている。その変化というのは、自分の目で天使を見てからだった。今では、天使の存在を信じていた。以前は、天使が自分のもとに訪れるなどとは思ってもいなかった。

しかし、先日彼女が死に直面したとき、ふいにベッドの周りに一二人ないし一四人の天使が見えたのだ。そのうちの一人を、ベネディクテは今でもはっきりと覚えている。その天使はベッドの足元に立ち、逞しい男性のようで、力強くて理知的であった。ギリシャ風の衣服をまとっていたが、顔と足は見えなかった。天使の背中には白鳥の翼のような羽がはえていて、それが膝のあたりまで下がっていた。

エミールにその話をすると、彼は切り絵の天使をつくってベネディクテに贈ってくれた。天使の切り絵は、今、ベッドの足元の壁に飾られ、額のなかからほほえみをたたえて彼女を見下ろしている。まるで、その天使が彼女を守ってくれているかのようだ。

その後も彼女は天使の存在を感じ、今ではいつも変わらずに天使はそばにいると信じるようになっていた。しかし、実際に自分の目で見たのは一度きりだった。彼らが何をつかさどっているのかは分からなかったが、存在を身近に感じることだけは確かだった。死に近づくとき、人は独りぼっちになる。独りぼっちになっても、天使たちだけは彼女といっしょにいてくれると思っている。その思いに心を揺さぶられて、ベネディクテは泣いた。誰かが手を握ってくれれば大きな慰めになる。しかし、この旅は一人で行かなければならない。だからこそ、道中で天使たちが安らぎを与えてくれる。

＊　＊　＊

朝七時前、聖ルカ・ホスピス周辺の道路はまだ静かだった。

ベネディクテの病室のドアは開かれ、二人の看護師がベッドを整えているところだった。六月一六日、月曜日、ベネディクテはシャワーを浴びていた。もうすぐピーターが迎えに来て、マルモにある気功師リチャード・スリコウスキー（Richard Sulikowski）のクリニックへ連れていってくれるのだ。

ベネディクテは代替医療に身を任せるようなことをしたくはなかったが、かといって自然科学を全面的に肯定もできなかった。愛する化学や細胞生物学を諦めたわけではなかったが、その道からはすでに回復の可能性は望めなかったのだ。

それに、ポーランド系スウェーデン人であるリチャードは、もともと生物学者としての教育を受けており、一年半にわたってベネディクテの生命を保ってきてくれていた。その事実に関しては、ベネディクテもピーターも認めていた。

彼女はメガネをはずして目をこすった。自分の脳が健全に機能していることを確認する手段としてクロスワードパズルを解くことを習慣にしていたが、視力がどんどん落ちて、それも困難になってきていた。

「もっと視力が落ちてしまったら、みなさんが持ってきて下さるお花も見えなくなってしまうわ」と、助手席から彼女は言った。

折りたたまれた車椅子は、青いフィアットのステーションワゴンの荷台に収められていた。ベネディクテが発病したあと、車椅子を乗せるためにこの車を手に入れざるを得なかった。

大都市コペンハーゲンの車の混んだ道路から一瞬目を離して、ピーターはベネディクテのほうを向いて言った。

「嗅覚はなくならないから、これからは香りのいい花を買ってあげるよ」

ピーターは、どんなときでも何かしら楽しみを見つけることがうまかった。今週の金曜日からエミールの夏休みがはじまるので、ピーターは子どもたちとサイクリングに出かけようと計画していた。子どもたちが幼かったころは大人用の自転車のうしろにトレーラーをつけて座らせていたが、今では二人とも大きくなって、自分の自転車に乗れるようになっていた。

「サイクリングだと、一緒に本当に楽しい時間を過ごせるんだ。普段と違って、オープンに話ができる。なんだか、子どもたちと対等に話せるんだ」と、ピーターは言った。

「私みたいに身体に障害があると、テントでキャンプができなくて残念だわ」と、ベネディクテは答えた。

美しい青空が広がった朝だった。八時ごろにウアスン海峡の橋を越えたが、水面は鏡のように滑らかに凪いでいた。レアはエミールを学校に送り出したあと、試験勉強に取り組むことになっていた。自分の病がレアの成績に影響を与えるのではないかとベネディクテは懸念していたが、その心配も無用のようだった。

マルモ市内の静かな通りを、半そでのワイシャツにネクタイ姿の男が一人、ピーターとベネディクテを迎えにやって来た。太鼓腹で、髪は灰色で、メガネをかけていた。

ベネディクテはリチャードを友人のように思っていた。クリニックに入ると、リチャードはベネディクテを車椅子に座らせてパソコンに向かった。ピーターの携帯電話が鳴り、エミールを無事に送り出したとレアが告げてきた。

「起こしたときは、ぶつぶつ言っていたけど……」

リチャードはベネディクテにイヤホーンをつけた。視床下部から来るエネルギーをキャッチするためである。リチャードは彼女の隣に座った。ディスプレーの画像は、ベネディクテの内臓を移動しながら映し出していった。体のエネルギーを測定して、「１」から「６」までの点数をつける新しいシステムだ。「１」は良好で、「６」は不良である。

ディスプレー上で「６」の点数が出た体の場所が、すべて症状が悪いところであることにベネディクテは驚いた。この装置は直接治療をするためのものではないが、リチャードが治療すべき場所を示してくれた。

「頭と肺と目が一番問題なのね」と、ベネディクテは言った。

「う〜〜む」と、リチャードが唸った。

「今日の治療は、できれば肺と目を集中的にして欲しいわ」と、ベネディクテはつづけて言った。

リチャードはため息をついて、その大きな力強い手でディスプレー上のファインダーを回転させ、考え込むように画像を凝視した。ベネディクテも、同じように画像を見つめていた。

「なにか喉に異常はある?」と、リチャードは尋ねた。

「少し。病気の影響が出ているのは分かるの。でも、まだ咀嚼はできるわ」

ピーターが顔を出して、「調子はどう?」と言った。

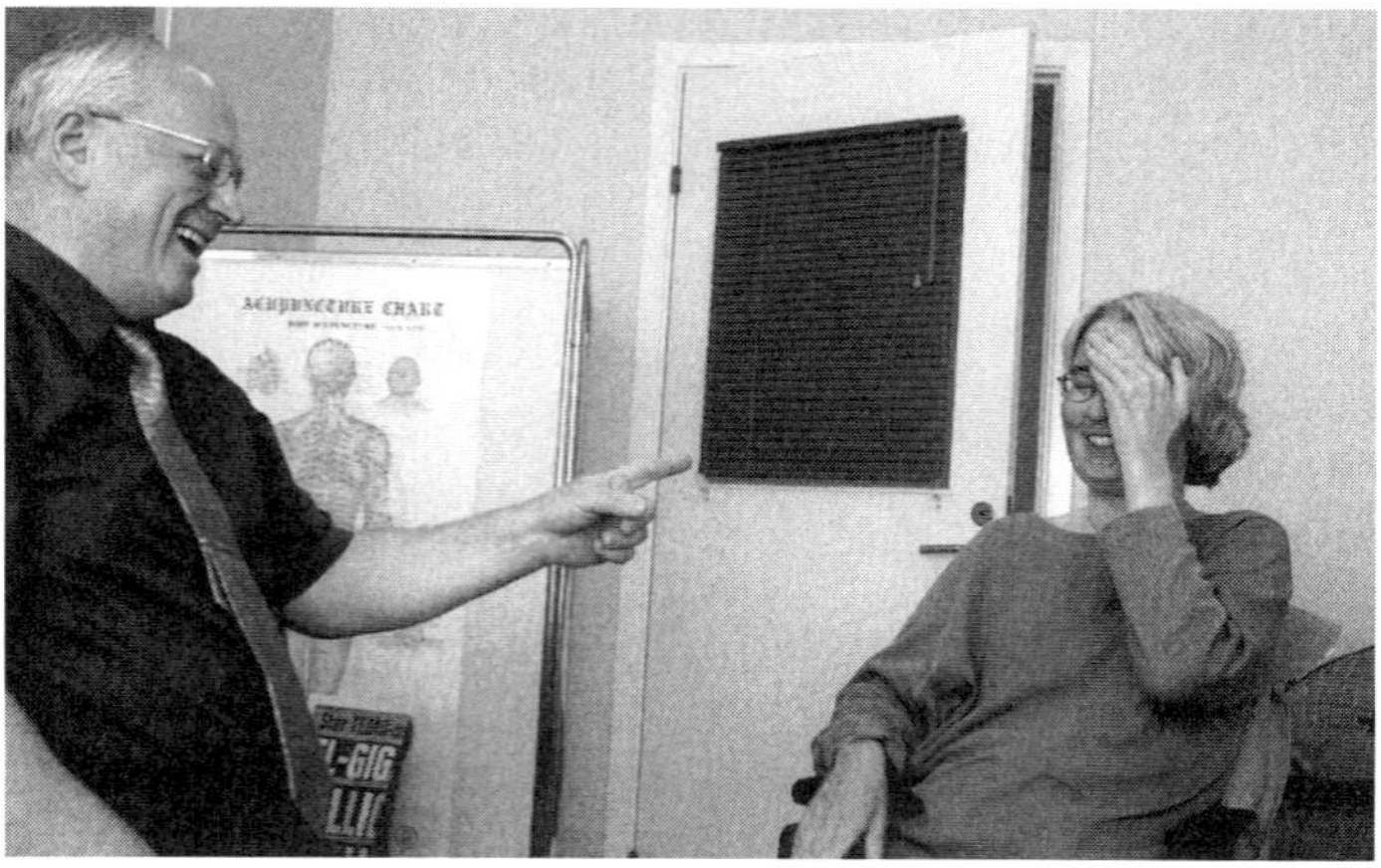

答える代わりにリチャードはうなずいた。

ピーターは、待合室で自分のコンピュータを開いていた。最近、彼は自宅で仕事をすることが多く、勤務先のエクスペリメンタリウムにはせいぜい一日に一～二時間ほどしか出勤しなかった。勝手を知っているかのように彼はクリニックのなかを動き回り、キッチンからコーヒーを入れてきた。パンは持参したものだ。

「私、今2イン、18アウトなの」と、ベネディクテはリチャードに告げた。

肺の力を強化するため、ベネディクテは毎日、抵抗力が組み込まれた小さな機械に息を吹き込むトレーニングをしていた。二秒間息を吸い込み、一八秒間吐き出すのだ。

「それはすごい」と、リチャードは言った。

「ほかに診ておいて欲しいところはある?」と、リチャードは尋ねた。

「目を両方開くとクルクル回って焦点が合わないわ。片方を閉じると、視界のある一部しか見えないの」

「なるほど」

リチャードはベネディクテをしっかりと見つめ、彼女のうしろに回って首に手を置き、用心しながら力を加えた。それから、片手を彼女の頭に置いて再度押した。

「痛い！」

「痛かった？」

「ええ、痛いわ」

彼女は目を閉じた。リチャードは彼女の靴を脱がせ、今度は足の裏を押した。

「痛いじゃない！」

病院で理学療法士が行う治療と違って、ずっと力が入っていた。

「痛いわよ、リチャード。あなたはあんまり女性にやさしくないのね。押されて、皮膚が赤くなっちゃうわ」

リチャードはベネディクテにほほえみかけながら、彼女の靴のジッパーを閉じた。

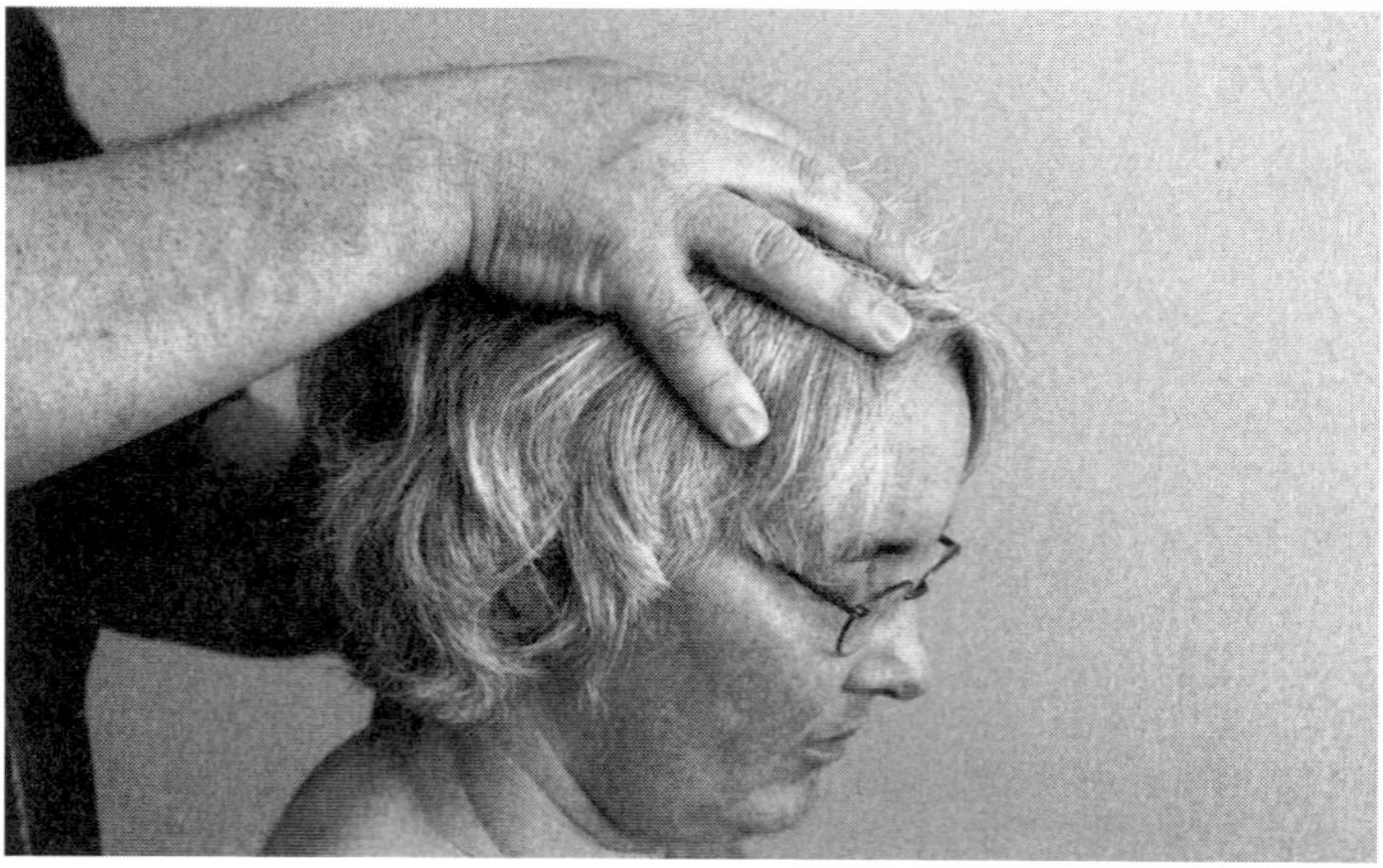

「じゃあ、今日はここまで」

＊　＊　＊

帰りの車のなかでベネディクテは考えていた。今日、何の治療をしたのかをリチャードは教えてくれなかった。彼女も別に知りたくはなかったが、彼女の体で症状が出ている場所に機械が反応していたことは確かだ。そして、これまで彼女が死にかけるたびに、リチャードもその場所に注目していたのだ。

彼が全快させる力をもっているとはベネディクテも思っていなかったが、リチャードが彼女を延命させていることだけはまちがいない。

疲れた……マルモまで往復しただけで、彼女はエネルギーを使い果たしてしまった。以前は、自分で気功の動作や呼吸とエネルギーを同時にコントロールするトレーニングができたのだが、今ではもう、それをする力もベネディクテにはなかった。効果のあるトレーニングだったのだが……。ベネディクテは、効果があると分かったテクニックだけを使った。実際に試してみてよかったことは何でもやった。

「今晩、君のところへ行こうか？」と、運転に注意を払いながらピーターが尋ねた。

「ずいぶん長くレアに会っていないような気がするわ」とベネディクテは言って、しばらく黙りこんだ。

「私の視力が弱ってきたこと、レアに話してくれる？　この次に会うとき、驚かないように」

「もう、話してあるよ」


ピーターは、話題をリチャードのことに移した。

「お互い、前より理解できるようになったと思うよ。最初はほとんどコミュニケーションがとれていなかったけど」(1)

「そうね、ずっとよくなったわね。以前、お宅の犬は家族の一員ですかと聞いたら、リチャードったら、そう七部屋あるよ、って答えたわ」と、ベネディクテは笑いながら答えた。

（1）　デンマーク人はデンマーク語で、スウェーデン人はスウェーデン語を使いながら、両国の人々は何とか会話をするが、時には食い違いが起こる。

第4章

支える人

「エミール、いくら何でももう起きなきゃ」

六月一九日、木曜日、時計はそろそろ七時をさしている。ピーターは、九歳の息子を起こすのに四苦八苦していた。

「エミール、今日は夏休み前の最後の日だろう」

ブルーの掛け布団の下からは、かすかな呟きが聞こえただけだった。

二人の子どもたちは頑固なところがあり、家族でよく長い議論をすることがあったが、ベネディクテが二〇〇三年一月にホスピスに入院して以来、その相手をピーターは一人でつづけなければならなかった。

この朝も、結局はピーターがエミールを抱き上げて食卓へ運んでいく羽目になった。エミールの裸の上半身にブルーの羽根布団をかけて、椅子に座らせた。テーブルには朝食のパンが用意されており、小さなキャンドルが三本灯されていた。ジャム、ヤギの乳のチーズ、バターもあった。

ピーターがメガネを手渡してやると、エミールは大儀そうに腕を持ち上げてなんとかメガネをかけた。そこへスヌーピーの絵がついた薄紫色のサテンのネグリジェを着たレ

（1） 当時は13点スケール、12点は使用されないため、10点はかなり良い点数。

アが加わり、笑顔で「おはよう」と言っておしゃべりをはじめた。

つい二、三日前に、レアは第九学年終了のテストを終えたところだった。あまり得意でなかったドイツ語も含め、国語、数学の三科目の口頭試問で一〇点[1]を取った。ピーターは、そんな娘を誇りに思っていた。

三人はしばらくの間、丸パンやクロワッサンを食べながらしゃべっていた。その日の晩、卒業二五周年を祝う高校の同窓会に出席するために、ピーターはエミールを連れてユトランドへ出発する予定だった。レアは一人で家に残り、友達といっしょにまずストロイエ通り（Strøget）でショッピングを楽しみ、夜はコンサートへ行くことになっていた。卒業のお祝いとして、レアはピーターと叔父から五〇〇クローネ[2]をもらっていた。

レアは上機嫌で、二人の分までしゃべっていた。一方、エミールは静かだった。ほとんど毎朝、三人は八時近くまで、そのようにして食卓で過ごした。ピーターとベネディクテは、朝の一時間と夕食のときの一時間は家族で食事のテーブルを囲むということを大切にしていた。

朝食のときに、ピーターが子どもたちに何かを読み聞かせることもあった。今は『タ

（２）　約8,350円。１クローネ＝約16.7円（2009年２月現在）

（３）　ベルギーの漫画家エルジェによって描かれた漫画。邦訳は、川口恵子訳、福音館書店、1983年。

ンタンの冒険旅行』[3]を読んでいた。最近、インターネットで全集を買ったのだ。ほかにも、『指輪物語』[4]を何度も読んでいた。

窓の外ではアオガラがさえずっていた。緑色のビニールネットの餌入れが空っぽになって、風に揺れていた。

「餌袋を取り換えておきなさい」と、ピーターはレアに言った。

「この前も私がしたわ」とレアは答えたが、それでも新しい餌の玉を二つ持ち出してきた。六羽の小鳥が、早速新しい餌をついばみはじめた。そのうちの二羽は子どもで、親鳥に食べさせてもらっていた。まだふわふわの産毛で、動きもぎごちなかった。

「おお、これは撮らなきゃ」と言ってピーターは立ち上がり、窓ガラス越しにデジタルカメラのシャッターを何度も押した。

ヴィドオアにある青い窓枠の白い家の庭は、いつもいろいろな生き物でいっぱいだった。レアが森で見つけてきた一番《ひとつがい》のカタツムリが数年住み着いていたこともあったし、小さな池にはもう一匹のカタツムリ、オタマジャクシ二匹、トゲウオ[5]の一群がいた。

「さあ、エミール、着替えをする時間だ」と言いながら、ピーターがジーンズとTシャ

（4） J・R・R・トールキン／瀬田貞二訳、評論社、1973〜1975年、全6巻。1992年に、瀬田貞二・田中明子訳で新版（全7巻）が出版されている。

ツを差し出し、二人は車へ向かった。ピーターは、息子をよく車で学校へ送り届けていた。

レアは食卓に残った食べ物を冷蔵庫にしまい、テーブルを拭いた。その後、夏休みのあとに入学の決まっているエフタースコーレ(6)の学校案内に目を通した。飛行機の操縦を教わることも馬の世話をすることもできる学校ということで楽しみだった。

ピーターとベネディクテは、レアにいつかは馬を買ってあげることを約束していた。レアも、アルバイトをしてその資金を貯金するつもりだった。レアの夢は騎手になることで、乗馬クラブにはすでに数年通っているので、一時的な好奇心からでないことは確かだ。しかし、まずは高等学校か商業・技術学校へ進学して、経済学などを学ぶことが必要だった。もちろん、レアもそれを承知していた。

ピーターが笑顔で戻ってきた。食卓が片づいているのを見て彼は「レア、ありがとう」と言った。そして、洗濯機のスタートボタンを押した。

「町からは何時ごろ帰ってくる？」と、ピーターが居間へ通じるドアのところに行きながら聞いた。

（５）トゲウオ科の硬骨魚類の一つで、主に淡水域に生息する。
（６）（efterskole）義務教育を終えた子どもたちが任意に一時期過ごす寄宿制の学校。

「たぶん、一〇時にはなるわ」

「夜の?」

「ショッピングのあと直接コンサートへ行くから」

「そうか」

ピーターは、エミールを連れてユトランドへ出かける前にちゃんとレアに「さよなら」を言いたかったのだ。出発は午後だ。彼はジャケットを着て靴を履き、レアの頬にキスをして力強く抱きしめた。レアも力いっぱい長いハグを返した。ピーターが車をスタートさせると、レアはガラス戸のそばに立って車が見えなくなるまで手を振った。

＊＊＊

レアが新しい学校生活をはじめることを父親として喜んではいたものの、彼女がいなくなったあと、家のなかでの切り盛りがどうなるのか、ピーターには予想がつかなかった。また、レアは寄宿生活を楽しむだろうとは思っていたが、母親をなくした直後に家を出るということに彼女自身がどう対処するのだろうかと考えた。レアがいない家のなかは、きっと空っぽに感じることだろう。

ピーターとエミールはあまりおしゃべりではなかったし、むしろ自分の世界に入って何かに集中するタイプだった。和やかな雰囲気はレアがつくり上げてくれていた。

ピーターは静かな住宅街を通り、黄色い建物の建つ道へ車を入れた。そこに、エミールが通っている学童保育がある。そこではブタやハツカネズミやヘビを飼っていて、子どもたちをよく理解している保育士たちがいた。子どもを理解するだけの心のゆとりのない大人が、この世の中にはなんと多いことだろう。

建物のなかに入ると、トーステンがピーターに気づき、机から立ち上がって笑顔で廊下の隅へ誘った。二人はおそらく同世代だ。トーステンは副施設長で、ベネディクテが発病してからというもの、エミールを支えてくれている二人のうちの一人である。

トーステンは、すでにピーターの親友になっていた。彼ともう一人の同僚は、エミールとともに交替でホスピスを訪れ、いっしょに数時間を過ごしていた。こうやって、エミールの母親が亡くなったあともエミールと気持ちが通じ合えるように今から準備をしているのだ。

ピーターとトーステンはいっしょにソファーにかけた。

「この前ホスピスへ行ったとき、エミールといろいろな話をしたよ。調子はどうだい、って聞いたんだ。あんまり口数は多くないけど、いろいろ深く考えている子だね」と、トーステンが言った。

ピーターは深くうなずいた。

「そうなんだ、ときどき二人で話をすることもある。それでも五分くらい話すと、すぐ次のことに話題が移ってしまうんだ。エミールから言い出したときは、必ずちゃんと向かい合って話すようにしている。でも、だんだん拒絶するようになってきているよ。辛すぎるんだね。ベネディクテに機械的にハグをして、あとは隅っこに座って本を読んでいるときもある」

「そうだね、エミールは自分の殻に閉じこもってしまう」と、トーステンは言った。

「本当に漫画を読んでいるわけじゃないと思うよ。母親が死にかけていることが分かりはじめているんだね。今までは、はっきりと理解できていなかったんだろう」

「レアだって同じだし、こう言っている自分だって同じさ。レア自身も、ちょっとイソップ物語の『オオカミがきた！』(7)のお話みたいだと言っていた。ベネディクテは、今まで何度ももう最後だと思うたびに元気を取り戻していた。もともと彼女は丈夫だったから、周りの者にとって、彼女が死を迎えようとしているなんてなかなか信じられなかったんだ」

トーステンはピーターの目を見つめて、静かに言った。

「でも、そのときは近づいてきているよ。近くまで来ていることがよく分かる。会うたびに、ベネディクテは弱っていっているんだもの」

ピーターはしばらく沈黙したあとにつぶやいた。

「今、一番辛いのは、目が見えなくなってきていることなんだ。先日見舞いに行ったときエミールは本を持っていって、彼女に読んでもらおうとした。でも、彼女はもう読めなかったんだ。ああ、辛かった。彼女にも、エミールにも、僕たちみんなにも。ベネディクテは、どんなこともできるだけみんなと同じようにやろうとしている。でも、できない。子どもたちのエネルギーを感じて励まされる一方で、自分がみんなについていけないことが死ぬほど辛いんだ」

（7）『イソップ寓話集』バーバラ・ヘイダース文、いすみちほこ訳、セーラー出版、1994年。

「できないことで苛立っているんだろうか?」

「そうなんだ。でも、それもよく分かるよ。彼女にしてみれば、自分がどんどん失っていくものを僕はすべてもちつづけている。不公平だ、本当に不公平だ。それで、彼女は憤りを感じてしまう。そのたびに僕たちは話し合っている。それは誰のせいでもなく受け入れなければならないことで、この状態のなかから、僕たち自身ができるだけよい瞬間を引き出していかなければならないね、って」

「君一人でどんなときも正しい決断ができるだろうかって、彼女は心配していた」

「よく分かるよ。僕たちはいつも平等であろうとしてきた。お互いに深く相手の世界を尊重しあってね。それなのに、今は僕が全部もっていて彼女には何も残らない。辛いよ」

「レアはどんな風に受け止めている?」

「レアはどんどん成長している。すべてを話してくれている」

トーステンはうなずいた。

「こういうときこそよく話をしないといけないよ。悲しみをいつも自分の奥へ奥へと押し込まないように気をつけることが大事だ。君も悲しんでいるってこと、子どもたちには見えているかい？」

「難しいよ。僕が大黒柱としてしっかりとしていなければすべてが崩壊してしまう。子どもたちは敏感で、大きな耳があるみたいだよ。僕に何か悪いことが起きたらどうしようと、レアはいつも恐れている」と、ピーターは答えた。

「悲しいときには悲しんでいいんだと、子どもたちが理解することが大切だ。君の気持ちも彼らがよく理解できれば一番いい。最初は辛いが、それが最善なんだ」と、トーステンは言った。

「夜も眠れないんだ」と言って、ピーターは手にしたコーヒーカップの底を見つめた。

「ただ、ただ、眠れないんだ。暗闇のなかで、ぼんやり前を見つめている。子どもたちが起きている間はなんとかいいんだが、寝てしまったあとは……。ときには、耐えられなくなることもある。何かまちがった判断をしてしまうのではないか、力が足りないのではないか……。おかしいよ、体のなかがゼリーみたいにグニャグニャで、外側だけがセメントの殻で僕を支えているみたいだ」

　ピーターの目に何か光るものが見え、トーステンはそれに気づいた。心を込めて彼は言った。

「いいんだよ、ピーター。大丈夫だよ。君は、君が正しいと思った判断を下すだろうし、実際それ以上のことは誰にもできない。大丈夫だよ」

「僕は仕事に追われている。だから、眠れないときは代わりに仕事をするんだ。プロジェクトの仕事なんだ。まったく別のことに集中できるんで、助かっているよ」

これからもっとエミールといっしょにホスピスへ見舞いに行くと、トーステンはピーターに約束した。

「時が近づいてきているね。ピーター、どんな小さなことでも必ず電話してくれよ。いつでも力になるから」

「ありがとう。頼りにしているよ」

ピーターとエミールは「自助のグループ」[8]に参加していた。一方、レアは、病人は自分ではないからと友達と話し合うことを選んでいた。

（8）　患者の家族同士が集い、互いに助け合うグループ。

職場のエクスペリメンタリウムへ向かう途中、ピーターはダムフース池のほとりを走っていた。以前は自転車で通った道だが、今は車なしでは日常生活をこなすことができなくなっている。

＊＊＊

道路は混んでいた。突然、彼は耳をそばだて急いで道路わきに車を停め、鞄のなかをかき回した。携帯電話が鳴ったかもしれない。もし、ホスピスからだったら……。携帯電話は、ピーターとベネディクテをつなぐライフラインだった。しかし、ディスプレーには何の着信履歴も表示されていなかった。

目的地に着いたが駐車スペースが見つからない。エクスペリメンタリウムの周辺は建設工事だらけなのだ。この施設の建設は、当初からピーターがかかわったものだった。主任設計士として自宅で仕事をすることもできるのだが、ピーターは外出する機会も大切にしていた。四か月間も介護休暇で家に籠りつづけているのは耐えられなかったのだ。最近は、以前描いたスケッチを引き出しから出して作業していた。生活が一〇〇パーセント病気だらけになってしまわないように。

同僚たちは、うなずいて挨拶をしてくれた。ピーターのオフィスでは、具合はどうかと聞いてくれる同僚がいた。職場のスタッフの大半が、ピーターの家庭で何が起ころうとしているのかを理解していた。

「何も言ってやれないよ。ただ、ただ、大変だよな……」

同僚の一人が、横にいた同僚に向かってつぶやいた。

第 5 章

足跡を残す

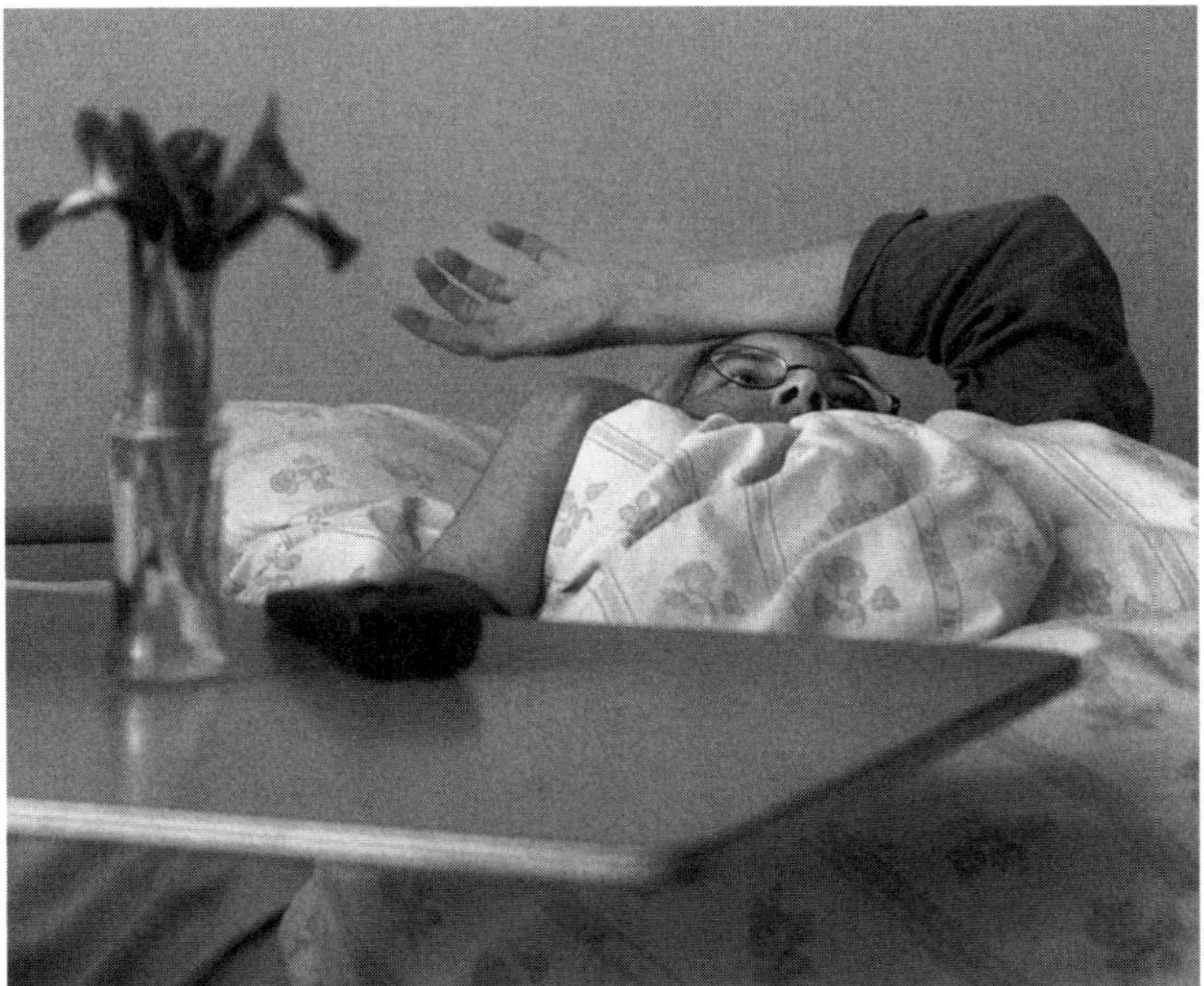

ベネディクテは、メガネの左目のレンズに紙切れを貼り付けた。医者は眼圧を下げるためにホルモン剤の量を増やしていたが、効果は芳しくなかった。古ぼけた写真のように、白っぽい霧がかかってものが見えた。ときには、万華鏡のように鮮やかな色の模様が見えたりした。左目は腫れ上がって、ほんの少しすき間が残っているような状態だった。

ベネディクテがメガネをはずして両目をこすっていると、ドアをノックする音が聞こえた。六月二六日、木曜日、彼女の両親が見舞いに来たのだ。両親は、毎日、必ず花を持ってきてくれた。

「ほら、ベネディクテ、今日もまた白いパンジーが咲いたのよ」と言いながら、母親のゲアトルードが小さな花瓶を差し出した。たくさんのブルーのパンジーといっしょに白い花が一本生けてあった。毎日、白い花が一本庭に咲くので、ゲアトルードは不思議に思っていた。

ベネディクテの母親は、背の高い年配の婦人だった。キッチンからワゴンを押してきて、そこに花やポットなどを置きながら静かに娘に話しかけた。エミール、レア、ピーターが、親しい友人夫妻のメッテとイェンス、そして彼らの小さい娘といっしょに森へ出かけていることなどを語った。

「きっと、木を写生しているんでしょうね。ピーターはいつもそうしたがるから」と、母親が言った。

ベネディクテはかすかにほほえんで、あくびをした。ここ二、三日疲れがひどく、意識を集中させることができなかった。あまりいろんな心配をすることができなかったが、ある意味でそれは救いでもあった。

母親がやさしく話しつづけている間、父親はコーヒーを見つけてきた。エミールが新しい絵を描いたこと、たくさん絵を描いたり、切り紙をしたりしていることを母親は話した。彼女は、病室の額に入った切り絵を最初は幽霊の姿かと思ったが、今では天使であることを知っていた。

白髪の母親は、花を載せたワゴンを押して姿を消した。ベネディクテはため息をつき、聖ハンスの夕べ(1)に家に戻ったときのことを思い出していた。雨が降っていたが、ピーターと子どもたちは何とか焚き火を起こして紙製の魔女を火あぶりの刑にし、その火でマ

（1）　夏至祭りの日。

シュマロを焼いて食べた。ベネディクテは気味悪がったが、それでもみんなといっしょにくつろいだ時間を過ごした。

母親のゲアトルードが、水を替えた花瓶をワゴンに載せて戻ってきた。ピーターが子どもたちとサイクリングをする計画をあきらめたので、全員がそろってマリーエリュスト（Marielyst）にあるベネディクテの両親のサマーハウスへ出かける予定だった。それでも、一週間も離れ離れになるのは長すぎるので、できるかぎり毎日見舞いに来るつもりだった。

母親は、ベネディクテの頬をなでながら言った。

「じゃあ、また来るわね。あなたはひどく疲れているから」

ベネディクテは目をこすり、声を出してあくびをした。

＊　＊　＊

小さな庭で遊ぶハトの群れに灰色の雲が影を落とし、廊下には温かい昼食のにおいが漂った。二〇三号室では、ベネディクテがベッドに横たわったままピーターと電話で話をしていた。

七月六日、日曜日。ピーターと子どもたちはマリーエリュストから戻り、今、ピーターはエミールを送ってユトランドへ出かけるところだった。エミールは、ピーターの妹のところで夏休みを過ごすことになっていた。

エミールを、しばらく家族の現状から解放してやることが必要だった。ベネディクテは片方の目が腫れ上がり、顔がまったく変わってしまい、エミールは母親に触れるのを気味悪く感じていたのだ。

「ばかばかしいことかもしれないけど、レアに私のアクセサリー類をやってもいいでしょう？　あなたには使えないものだし。今晩、家に戻ってくるの？」と、ベネディクテは電話でピーターに言った。

レアは、ベネディクテ同様にアクセサリー類が好きだった。ベネディクテは、発病して以来、これまで以上にアクセサリーを使うようになっていた。ベッドに横になっていても、ただ眺めるだけで楽しかったのだ。しかし、幸運の龍が付いたブレスレットは、汗をかくとあまり着け心地がよくなかったので、ほかのアクセサリーといっしょに袋に入れてサイドテーブルの引き出しのなかにしまってあった。

ベネディクテはメガネをかけたまま横になっていた。メガネといっても、チボリ公園で景品にもらうようなメガネだ。友達のメッテがボールペンでぱっちりとした目を描いて貼り付けてくれていた。いろいろな目の絵を集めて展示したら面白いだろう、とベネディクテは思った。そのときの自分の気分に合わせて、目の絵も取り替えられたら面白いだろう、と。

今日、ベネディクテは電話で、レアにアクセサリーを形見として彼女に残したいと話したばかりだった。昨日は昨日で、ファルスター島（Falster）のサマーキャンプから子どもたちが戻ってきたところで、ベネディクテを葬るための棺の話や墓石の話などをした。

家族の会話としては好ましくない話題に聞こえるかもし

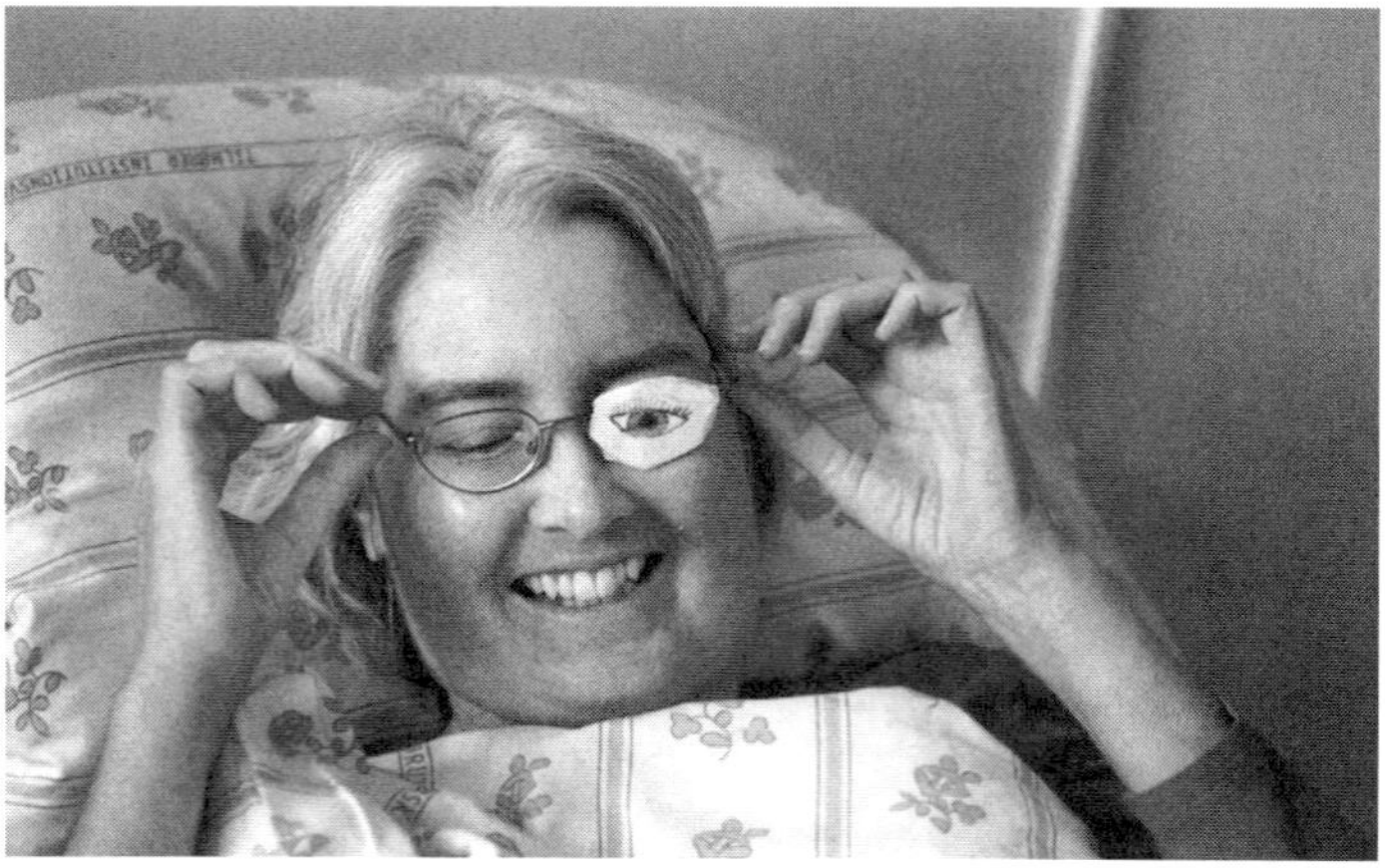

れないが、このような会話は思ったよりもずっと楽しいものだった。ブラックユーモアは生き延びるための手段、少なくとも、もう少し長く生きつづけるための手段であった。それに、子どもたちはユーモアを考え出すのがうまかった。

ピーターは、ベネディクテの墓石にはブルーの輝石と孔雀石を埋め込んだ黒い石灰岩を望んでいた。

ふいにある考えがベネディクテを襲った。もし、家族が立派な葬式を挙げなければならないと考えているのだったら……私の体は死んでも魂は生きつづけるのだから、葬式の形などどうでもいい、と。

墓石の代わりにアクリルプレートを使ってこしらえてくれればいいのに、とベネディクテは思った。石ではあまりにも重々しくなるし、透明なアクリルならば、彼女がこの世から別のところへ移っただけという象徴になるからだ。

「君のお墓にアクリルプレートを使うなんて、そんなのだめだよ」と、ピーターは笑って言った。

ベネディクテは、すでに自分の葬式の計画を立てていた。自分の葬式を計画する、それはとても大切なことだった。自分で葬式をきちんと計画しておけば、ピーターにかかる負担はそれだけ軽減されて、子どもたちのことを考えるゆとりをもてるだろうと彼女は考えたのだ。このように考えるのはとても辛くて悲しかったが、死に直面する者としては心の整理をする作業でもあった。

細部に至るまですべて計画したいという気持ちが募り、あるときなど、ベネディクテは真夜中近くに母親に電話をかけて、葬式のときに供するケーキをクリームで飾ることを忘れないように、と注意さえした。明日生きているかどうかも分からない身としては、どんな時刻であっても、言えるときに言っておくことが何より重要だった。彼女は大きなケーキが好きだったので、彼女の葬式にはそれが必要だった。

ベネディクテは、本当は火葬にしてもらって、骨壺に収められて土のなかに埋められたかったが、牧師の意見は違った。子どもたちの脳裏に不気味な情景を残さないためには棺に横たわるべきである、と彼は説いた。それに棺を地に埋めるのであれば、子どもたちはいつでもその場を訪れることができる。生物学者であったベネディクテは、いずれにせよ土に戻ることを希望していた。自然界の循環の一部に戻る……それは安らげる、心地よい想像でもあった。

　みんなが葬儀の話をしているとベネディクテの弟が訪ねてきた。彼はベネディクテの棺に、光ファイバーのようなブルーのボールを入れたいと言い出した。でも、そんなものは永久に地中に残ってしまうではないか。それよりも、ベネディクテは子どもたちの描いた絵を棺に入れて欲しかった。紙に描いた絵なら、彼女の体といっしょに朽ちていくだろうから。

　ふと彼女は、家族が奮発して、数十年ももつような樫の棺を選ぶのではないかと思って不安になった。一番安い棺で、時が経てばやがて崩れてしまうようなものにして欲しい……と考えて、ベネディクテは心のなかでほほえんだ。

　今日はかなり気分がよかった。このように、ふいに気分がある程度よくなるわけをベネディクテは理解できなかったが、どうやら病気は、波のうねりのように大きく上下するようだ。

　ここ何週間かの間に、死というものに対するベネディクテの考えも変わってきた。生と死の境界線にあって、彼女はもはや、無理やり生にしがみつくようなことはなくなっていた。今、彼女と生との間の距離は、死との間のそれに比べてなんとなく遠くなっているような気がした。

数日前、彼女は自分の死の夢を見た。雷雨がだんだん近づいてきて、雷鳴と稲妻の間隔が徐々に短くなり、それがゼロになった時点で彼女は死を迎えるという夢であった。その後、目覚めて、自分がまだ生きていることを知る……なんとも不思議な夢だった。

病状は重かったが、ベネディクテは悪夢に悩まされることはほとんどなかった。夜になると、ベネディクテは健康な人々の世界を訪ねていった。以前はこのまま目覚めることがないのではないかと寝ることを恐れていたが、今では、眠りの世界にいるまま死んでしまっても怖くはなかった。

彼女にとって、死を迎えることとこの世を諦めることは同じではなかった。死は、むしろ何か新しいものを求めて、新しいスタートを切ることのように思えた。その新しいものが何であるかは分からない。もちろん、生きつづけることに対する未練はあったが、自分と生との間の距離がだんだん広がっているようでもあった。死にたい、と積極的に望んだわけではない。しかし、死の世界をのぞき見した結果、それがそれほど恐ろしくないことが分かってきたようだ。

常々彼女は、死よりも生に関して思いをめぐらせていた。彼女の死後について、ピーターと子どもたちの人生について、夫ともっと話し合っておきたかった。しかし、ピーターはなかなかその気にはなれず、まだその時期ではないと言って話題を変えようとした。実際、心が重くなるような話題ではあった。

しかし、だからといってベネディクテはそれをそのままにはできなかった。この世を去ろうとしているのは彼女自身であり、同時に病気の症状に縛られてもいた。現状を生き抜くか、または生から遠のくかの二者択一しかなく、彼女は現状を生き抜きたかったのだ。

それでも、二人は一つの計画をつくり上げた。それは、もしピーターもこの世を去らなければならなくなったときにどうすべきか、という計画であった。これはレアが望んだもので、ベネディクテは娘がそれを口にしてくれたことをうれしく思った。誰にも言えず、娘が心のなかで悩み苦しみつづけていたら……それはベネディクテには耐えられないほど辛いことだ。

もし、ピーターに何事か起こった場合は、友人夫妻のメッテとイェンスが子どもたちの面倒をみようと約束してくれた。だからといって、ベネディクテはピーターに実際に何事かが起こるかもしれないとは考えていなかった。

現に、ピーターはいつも極端に用心深かった。子どもたちが「デンマークには恐ろしい動物っているの？」と尋ねても、ピーターはいつも「自動車だけだ」と答えるような人である。ピーターはヨボヨボのおじいさんになるまで長生きするだろう、とベネディクテも確信していたから、同じ理由でピーターもずっと先まで将来の計画を立てることを好まなかったのかもしれない。

＊　＊　＊

この世を去る前に、ベネディクテは何らかの足跡を残したかった。墓石以外の、何らかの足跡を。

もうすでに、何かを残すことはできていたのかもしれない。四二年の生涯を通じて出会った人々の心に、何かしらのことを残していたかもしれない。家族、友人、同僚、少なくとも彼らが生きている間、記憶のなかにベネディクテも生きつづけることができるだろうから。

六月三〇日の日刊紙〈ポリチケン（POLITIKEN）〉の紙上で、ベネディクテはすでに足跡を一つ残していた。病床にある彼女は、パソコンを使ってデンマークにホスピスの数が不足しているという論説を寄稿していたのだ。

私はホスピスに来て初めて、病気は生の一部であり、死の一部ではないことに気づいた。死が現実になるまでの間、人は生きつづけ、周囲に影響を及ぼしつづけることができるのだと。そして、整然と死を迎えることは、当人にとってだけでなく、それ以上に周囲の人々のためにも重要であることに私は気づいたのである。

死に直面するとき、人は人生の重大な何かに直面している。おそらくそんな意味からも、ホスピスに入院できれば生を大きく肯定できるように思われる。

ベッドテーブルの上のプラスチック製の書類フォルダーには、デンマーク中から届いた感謝の手紙が収められていた。自ら人生の深刻な時期に置かれていながら、ベネディクテが他人のことを考えるだけの思いやりをもっていてくれたことに対する礼状だった。記事を読んだ人々がわざわざ手紙を書いてくれたことに、ベネディクテは感動した。

ベネディクテは、今まで自分が使った教材を一〇個近くのダンボールに保管していたが、それを整理し、かつて自分の職場であったイスホイ職業学校（Teknisk Skole i Ishøj）とそれ以前の職場の同僚宛に、将来利用してもらえることを願って寄贈した。

標本箱に収められたヒトデの化石は、ピーターと子どもたちに持っておいて欲しかった。また、できることなら、子どもたち宛てにテープに録音をして、よい生涯を送る手引き、生涯の方向づけとなるようなものを残しておきたいと思った。

しかし、子どもたちを一定の方向に縛り付けてしまうことを恐れて、その計画はあきらめた。なぜなら、四～五年先の世の中の変化に合わせて彼女自身がその内容を訂正することができないと気づいたからである。彼女自身が、その場にいて導いてやることはできないのだ。

ベネディクテは、自分の死に顔を写真に撮って欲しいと思っていた。不気味さなどまったくない、安らかな顔写真を残したかった。彼女自身は次の世界へ旅立っていくのだ。人は死ぬ、それは尊重しなければならない事実である。生物としての体は抜け殻として残される。抜け殻の写真がそれほど私的なもので、他人に見せられないようなものであるとは思えなかった。

以前、ベネディクテがナーシングホームで働いたとき、この世を去ろうとする魂の存在を感じることがあった。だから、子どもたちの生涯を操縦することなど許されないことなのだ。子どもたちの将来がどのようになるかを感じるためには、魂がそこにいなければならない。子どもたちのために何かができるとしても、それは子どもたちと協力をしながらなされなければならない。一冊の本で、子どもたちの成長を左右することはできないのだ。

そこまで悟ったので、ベネディクテは子どもたちの将来を演出するのはやめた。それに、子どもたちはそれぞれ自分の力で前に進もうとしている。それに引き換え、もう彼女自身にはこの世において先に進むことはできないのだ。

ああ、もしお金が十分にあったら、とベネディクテは思った。できることなら、ピーターと子どもたちにハンモックのかかった海の見えるサマーハウスを残したかった。それは、なんと素敵な贈り物ではないか。そこで、レアは友達といっしょにパーティーもできるし、家族が暖炉の前に集まって、波が岸にぶつかって砕ける様子を見ることもできる。ピーターも、子どもたちや新しい妻といっしょにこの先の生涯を楽しむことができる。

たぶん、かなりの時間がかかるだろう。しかし、ピーターはいつか再婚するだろうとベネディクテは想像した。子どもたちのことさえ考えてくれれば、ピーターの再婚に対してベネディクテは何の異議もなかった。

廊下のスピーカーから音楽が流れてきた。看護師の一人が、亡くなった患者が残していったCDの『Songs from a Secret Garden』(2) をかけ、音楽を通じてその患者を思い出しているのだった。このように、誰もが意図せずに足跡を残していくのだ。

（2）　ノルウェーの作曲家 Rolf Lavland とアイルランド出身のヴァイオリニスト Fionnuala Sherry とのユニットである「Secret Garden」のデビューアルバム（1995年）に収められている。

第 6 章

最後の意志

二〇三号室のドアの上の赤ランプが点滅した。一人の看護師が部屋をのぞいて「ベネディクテさん、こんばんは」と声をかけた。

七月九日、水曜日の夜、コペンハーゲン市街にはジャズが流れ、人々は短パンとTシャツ姿で明るい夏の夜を楽しんでいた。しかし、ホスピスでは、ベネディクテの容態がよくなかった。吐き気がし、食事にもろくに手がつけられなかった。でも、もう一度食べてみたいとベネディクテは看護師に言い、簡単なオープンサンドを少し頼んだ。

レアとピーターは、それぞれベッドの近くの椅子に腰かけていた。ベネディクテは、悪い夢を見たこと、夢のなかで子どもたちの世話ができなかったことなどを話した。

「本当にそうなのよ。レア、あなたがどこにいるのか分からなかったし、エミールは車に轢かれてしまったのかもし

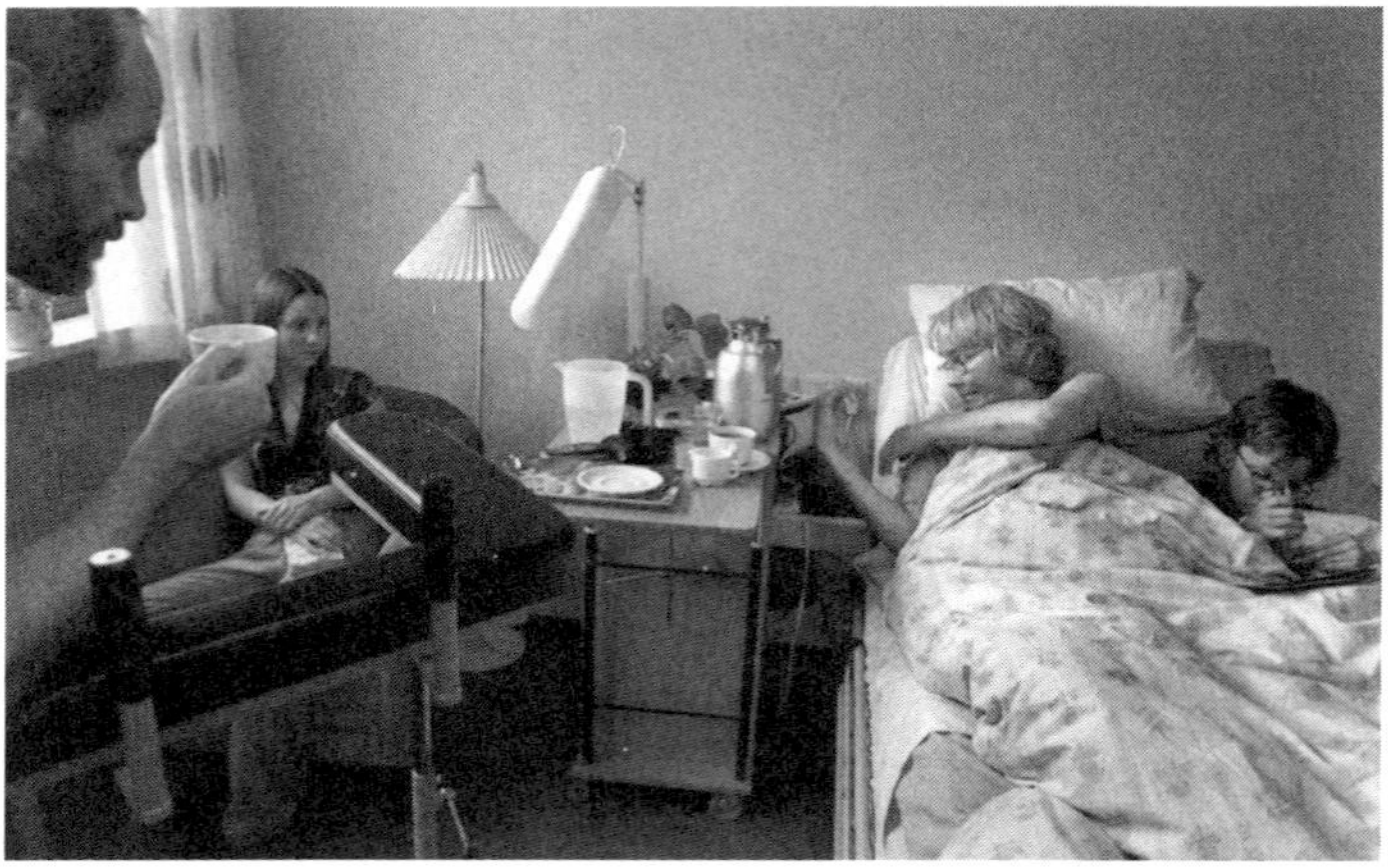

れなくて。大きなハリネズミが怪我をしていて、それが黄色いランプを点滅させた大きな機械に轢かれそうになっていて、私は誰のことも、ちゃんと見てやることができなくて……」と、彼女は言った。

ピーターは立ち上がって、ベネディクテが食事をとりやすいようにベッドを操作しようとしたが、うまくいかず苦労していた。

「パパ、ベッドがパパのこと好きじゃないみたい」と、レアが言った。

「ピーター、私をお盆に乗せて、食事といっしょに持ち上げて」と、ベネディクテは笑った。そして、卵を載せたパンを一切れ口に運んだ。

「子どもを産んでおいて、ちゃんと世話してあげられないなんて、パニックになるわ。夢のなかでは、ピーター、あ

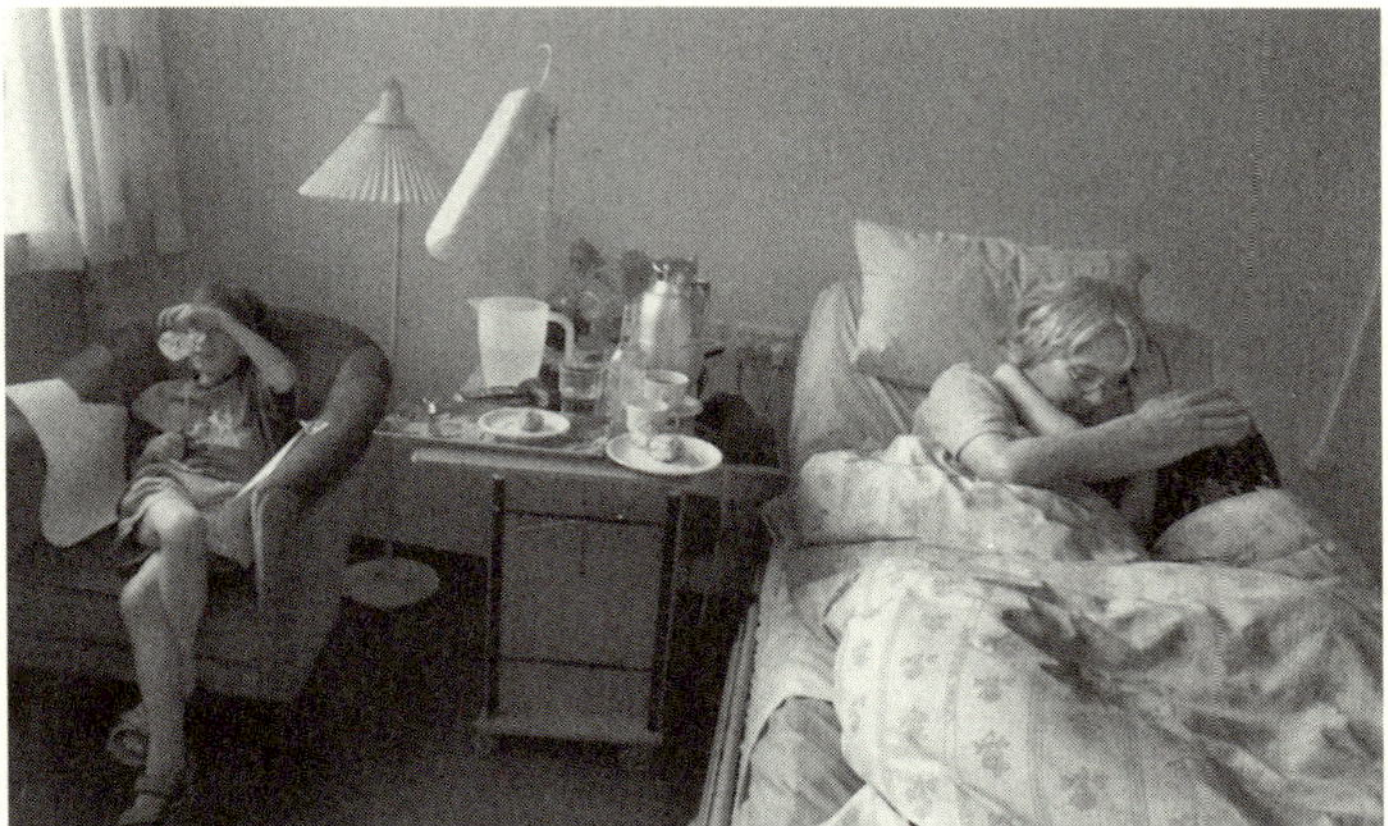

なたも子どもたちの面倒をみてくれないの。でも、現実には、あなたが親のすることをすべてしてくれているのよね」

ピーターは黙って聞いていた。レアは両足を抱えて椅子に座り、膝に額をのせてうつむいていた。

「レア。一昨日テレビで犯罪ものの連続ドラマを見たのよ。最終回だと思ったら、そうじゃなかった。誰が犯人だったのかしら。つづきを見られるかどうか分からないと思ったら、すごくイライラしたわ」と、ベネディクテは話しかけた。

レアは視線を上げた。

「最終回のすぐ前に死ぬんじゃ、つまらないわね」

悲しげな笑みを浮かべて、少女は再びうつむいた。

今週いっぱいレアは、ある事務所で振替用紙を郵送するアルバイトをすることになっていた。冗談まじりにベネディクテは「文書係」と呼んでいたが、木曜日の仕事が終わったあと、ピーターとエミールとレアはランディア(1)に出かける予定にしていた。

「エミールは水遊びができて喜ぶだろう」と、ピーターは言った。

（1）（Lalandia）ウォーターパークを中心としたホリデーセンター。

「犬はどうするの？」と、レアが聞いた。

ピーターとベネディクテは、エミールに子犬を与えようと考えていた。心理カウンセラーが、「心に悲しみのある子どもにとって、子犬をかわいがることは救いになる」とアドバイスをしたからだ。

レアは、インターネットでアイスランドシープドッグを検索しはじめた。エミールはまだそのことを知らない。サプライズ・ギフトにするのだ。

「犬がいれば、私がいなくなってもエミールはすぐ忘れてくれるわね」と、ベネディクテは言った。

「でも、私の犬でもあるのよ。一〇〇万年も馬を飼う夢を見てきたけど、犬も欲しいの」と、レアは反抗気味に言った。

レアは馬を購入するために、すでにかなりの金額を貯金していた。足りない部分はピーターとベネディクテが足してやるつもりだった。馬を飼うには、月に二〇〇〇クローネほどかかるらしい。(2)

「レア、馬を買うためにあなたの青春をすべて捧げて貯金をするの？」と、ベネディク

（2）　約34,000円。1クローネ＝約16.7円（2009年2月現在）

テは言った。

「でも、そうしたいんだもん」

「それじゃあ、あなたは一生ずっと文書係にでもなるの？」

「ママったら！」

「そして、一生パパといっしょに住まなくちゃ」

「へっへっ、追い出そうったって出ていきませんからね」

「でもね、ほんとにお金がかかる趣味よねぇ」とベネディクテは言って、真面目な表情になった。

「ママ。ママは、いったい何冊本を買ったと思うの？」

「お金にしたら、とても馬の比じゃないわ。誰か友達と共同で積み立てをしたらどうなの？」

レアは返事をしなかった。そして、話題はヴィドオアの家の狭さに移った。

「クローゼットから私の衣類はもう片づけたの？」と、ベネディクテが尋ねた。

「バカなこと言うなよ」と、ピーターが反論した。

「でも、私はもう家に帰らないのよ。早く片づけてしまえば」

「本当にそうするの？」

　クローゼットには、レアの堅信式のドレスがまだ下がっていた。それは、絶対処分されてはならなかった。

「ところで、エミールはこのごろファッションに興味をもちだしたよ。着る物にいろいろ注文を付けだしてね」と、ピーターは言った。

「エミールのほうが、私よりずっとティーンエージャーっぽいよね」と、レアが言った。

「あなたたち、エミールのことがまったく分かっていないのね」とベネディクテは言って、考え深げに付け加えた。

「それとも、私だけがみんなに付いていっていないのかもしれない」

　レアはベッドの足元のほうに腰かけ、思いを受け止めて母親の手をとった。ベネディクテは、昨晩、魂が体から出ていったように感じたと話した。

「魂が？」

「そう。夢を見ていたのかもしれないわね。私は上のほうにいて、上から自分を見下ろしているの。でも、下に横たわっている私は空っぽの抜け殻みたいだったわ」

ベネディクテは胸に手をやった。

「胸骨のところから魂が抜けだしていくの。元気さえあれば、私、その説明をしてくれる宗教を探すんだけど」

「そんなの、どこにでもあるよ。アニメ映画にだって出てくる。プルートの体から魂が抜けだすのも見たよ。プルートが溺れてアザラシに救ってもらうんだ。その話の特許をとった宗教はないはずだ」と、ピーターがからかい気味に答えた。

「それにドナルドダックも」と、レアは調子を合わせてつづけた。

ベネディクテは深刻に考える表情になった。

「ただね、元気だったころはそんな変な夢は見なかったわ」

「ふーん」とレアはため息をついて、布団の上から母親の膝を抱きかかえた。

ピーターは声を出しながらあくびをした。いつものように朝六時から一〇キロの距離を走っていたのだ。走っている間は頭が冴える。最初の一〇〇メートルを過ぎると心のもやもやが晴れるようだった。同じような気持ちを、レアはシャワーを浴びるときに感じていた。いやなことは水といっしょに流してしまうかのように。

「ママ、いっしょにジョギングをしたこと覚えてる？　家の周りを五回走っただけでやめちゃったのよね」

母親と娘はほほえみを交わした。家族全員が、悲しみと喜びのバランスを保とうと努力していた。いやなことはますますいやになり、良いことはますます良く、面白いことはますます面白くなった。ある瞬間、大きく声を立てて笑い、次の瞬間、声をひそめて心を集中させた。

ベネディクテは目を閉じて横になっていた。レアとピーターは立ち上がり、ピーターは日焼けした手をベネディクテの青白い手に重ねた。二人は、ベネディクテをきつく抱きしめた。眠る時間だ。二人は、鹿公園（Dyrehaven）へ夕方の散歩に出かけた。

＊＊＊

「走ってくる。ピーター」

白い家の、ピアノの椅子の上にメモがあった。

いつもは一〇キロだが、つい先日一六キロ走った日があった。その日、いつもの時間になってもピーターが戻らないのでレアは心配でたまらなかった。途中で倒れたのかもしれない。これ以上、彼女の周りで人が死ぬことは許されない。

今は七月一五日、火曜日、朝九時半。寝ぼけまなこをこすりながらレアはテラスへ下りていった。昨日レアの部屋に泊まった友達のスサンネも、後について階下に下りた。エミールは、すでに起きていて居間でテレビを見ていた。

テラスのテーブルの上に、毛糸玉に黒いポッチのような鼻をつけた子犬の写真が置かれていた。名前は「チリ」とすることにみんなの意見はまとまっていた。

いつ犬を引き取りに行くのかをピーターに聞きたくて、エミールがテラスに出てきた。約束は八月四日だった。

犬を飼うとエミールに告げたとき、なぜかエミールはうれしそうではなかった。しかし、初めて子犬を見に行った日、その子犬がじゃれてエミールのつま先を噛むと、エミールはすっかり魅了されてしまった。今では、チリの夢まで見ている。

「ママが子犬を見られるといいわね、そして馬も」と、レアは言った。

「犬はたぶん見られるだろう。でも、馬のほうはね」と、ピーターが答えた。

「もう、早く終わって欲しいわ。もう長くはないんでしょう?」と、レアはピーターに言った。

そうだろう、とピーターは思った。エミールにも、たぶんもう長くはないだろうと説明してあった。薬の魔法は使い果たされていた。母親との唯一のコンタクトが手を握ることだけなのは、エミールには辛いことだった。

まったく役に立たない肉体のなかに閉じ込められているなんてどんなに辛いだろう、とピーターは想像した。かといって、ピーターが彼女の最期を待ち望んでいたわけではない。ベネディクテが生き延びる一日一日が、大切な贈り物のようであった。

ベネディクテは、毎日、何かしらを家族に与えていた。ピーターにとって彼女は、今もなお、何かにつけて大切な相談相手だった。それに、一日として声を出して笑わない日はなかった。

その日の午後、主任医師ハンス・ヘンリクセン（Hans Henriksen）はベネディクテの病室の向かいにある自分のオフィスへ入っていった。今朝、彼はベネディクテを往診したのだった。患者に絶えず病気のことを考えさせないようにという気遣いで、今までは一週間も顔を見せないことがあった。しかし今は、ベネディクテの容態が日に日に変わっていたのだ。

この七〇歳になる医師は、一九九二年にホスピスが開設されて以来勤めてきた人で、ベネディクテもこの医者のことが好きだった。話しやすく分かりあえる相手でもあった。ハンス・ヘンリクセンは痛みをやわらげる技術にすぐれた人だった。しかし、かなり投与量を増やしているにもかかわらず、ホルモン療法は効かなくなっていた。今日から彼は、ベネディクテの吐き気を止めるためにプリンペラン(3)の投与をはじめていた。医者の目には、ベネディクテが生きる力を失って死に近づいていることを示す症状がはっきりと認められていた。

彼女自身、「もうそろそろ終わりが来てもかまわない」と医師に告げていた。癌が脳を圧迫して、意識が不鮮明になっていた。

ハンス・ヘンリクセンにとってベネディクテは特別な患者であった。それは、彼女が長期間にわたって入院していたからという理由だけではない。高い知性をもった彼女は、

(3) (Primperan) 嘔吐を抑制する作用がある。消化器機能異常症状を改善する。

医師、看護師、理学療法士、代替医療のドクターなどと話し、病気と闘ううえにおいて必要なものをありとあらゆる分野から取り入れていたからだ。

正気を失うことをベネディクテが一番恐れていることを彼は知っていた。癌が原因で人格が変化し、子どもたちに怖がられることが一番の恐怖だった。脳に圧力がかかっているため、そのリスクは十分にあった。

彼はベネディクテの気持ちをよく理解していて、彼女が望んだときには、ためらわずに薬を使ってずっと眠った状態にするつもりだった。子どもたちの顔も見分けられず、意味不明な言葉を繰り返す母親よりは、静かに眠りつづける母親のほうが子どもたちへの影響も穏やかであろうと、かなり早い時期に二人は話し合っていたのだ。

脳にかかる圧力は、いつかはベネディクテに死をもたらすだろう。いつそれが起こるのか誰にも分からないが、医師は、ベネディクテはあと一か月はもたないだろうと考えていた。

＊
＊
＊

ベネディクテの目はほとんど閉じられている。繰り返し訪れる嘔吐に疲労困憊し、腕を布団から持ち上げることもできず、手を握ってもぐったりとして力が入らない。脳から体の各所に送られる信号は支離滅裂で、空腹も、のどの渇きも自覚できなかった。やっとの思いで歩行器に乗り移っても体重は感じられず、なにかふわふわとした感触だけが残った。

ベネディクテには幻覚症状が現れて、奇妙なものを見たり、意味不明な言葉を発したりしはじめていた。鳥とサメの間に生まれた子どものようなものが、女性の乳房から乳を飲むのを見た。天、地、水の三つの要素が、奇怪な混合物として現れた。映画館に押し込まれて、見たくもないものを見せられているような、怖くはなかったが妙な体験だった。

今、彼女のいる世界は偽りの世界で、自分自身では対処しきれない難儀なところだった。脳がまちがった情報を送り出すので、そのなかで彼女は迷子になってしまったようだ。残された思考力をすべて動員しても、迷路から抜け出ることはできなかった。もっと本当の世界のことに力を使うことができたら……周囲の人々と分かちあえる本当の世界……。

もうたくさんだった。耐えられなかった。かといって、誇れるようなものではなかった。しかし、子どもたちに関するかぎり、「もうたくさん」などと思ったことはない。大きなパラドックス。もしできることなら、死後も自分の愛を子どもたちに贈りたい。

＊＊＊

レアは友達のスサンネといっしょに、三〇度の炎天下のなか、コペンハーゲン市内のコンゲンスハーヴェ公園（Kongens Have）の芝生に花模様のシートを広げて座っていた。そこで、彼女も母親と同じような思いをしていた。神を信じているわけではなかった。神がおられるなら、この世の中に戦争や病気があるはずがない。しかし、人がただ消えてなくなるなんて想像できなかった。天使も信じられない。天使は神の使いなのだから。

でも、彼女の母親は天使を見たのだ。信じないでいるのも困難だ。死んだあとも、母はたぶんレアのところへ来てくれるだろう。レアが困っていれば助けに来てくれるだろう。レアに見えるように現れるのではなく、母がそばにいることを感じることになるだろう。母がレアのことを考え、レアが母のことを考えていることが感じられるのだろう。母がどんな世界へ行くとしても、そこで幸福でいて欲しかった。

＊＊＊

ベネディクテは涼しい場所でベッドに横たわって目を閉じていたが、自分を厳しく責めていた。自分は病との闘いに負けた。この病に勝つことは奇跡だろうけれど、それでも成功した人はいるのだ。彼女の命は思っていたよりは長かった。でも、もうこれ以上は先へ進めない。母親を失うという不幸に、子どもたちをさらさなければならない。

罪悪感しかなかった。自分が子どもたちを混沌の世界に引き込むとは……。生命とはどんなに偉大なものであるか、自分が子どもたちに教えなければならなかったのに。

子どもたちが見舞いに来る前に、集中力を掻き集めて頭をはっきりさせておきたかった。

「もう何もしてあげられない」と、ベネディクテは考えた。

ピーターから、子どもたちから、家族から、友達から自分は愛を受けている、とベネディクテは感じた。病気になるとそうなるのかもしれない。愛がくっきりと純粋になって、それ以外のことを無意味にしてくれる。生に意義があるのなら、ヒッピーの人たちみたいな言い方だが、それは愛なのだろう。

もはやベネディクテは、自分を強いとは思わなくなっていた。誰かが食事と薬の世話をしてくれなければ自分は死ぬ。そこに力強さなどない。多くのスタッフも、この世には自分の力では制御できないことがあること、そしてそれを受け入れなければならないと話していた。

人はみんな死ぬ。ベネディクテにとっての問題は、死をコントロールすることではなく、生にかかわることによって存在するということだった。

今、ベネディクテは、自分が自分よりはるかに知性のすぐれた何かと接触していると感じていた。その知性は常に彼女を見守っていたが、なぜこのようなことが起こっているのかは教えてくれなかった。

第 7 章

心を和ませる眠り

ベニー・ビアク（Benny Birk）の夏の休暇は終わった。ベネディクテは、ホスピスの専属牧師が戻ってくるのを心待ちにしていた。心を打ち明けやすい、よい話し相手だった。たぶん、山ほどの仕事が彼を待っていることだろう。顧客が行列して順番を待っている……そんな光景を想像してベネディクテはひそかにほほえんだ。

彼女は、最期までユーモアを失わなかった。休暇直前に話し合ったとき、牧師は自分の不在中にベネディクテが死を迎える可能性にも触れた。もしそうなっても、ベネディクテの遺体をチャペルの冷暗所に安置しておけば葬儀は休暇のあとに行うことができるから、と伝えてあった。しかし、その必要はなかった。

四八歳になる牧師は、胸に名札をつけ、サンダルと麻のズボンと紺のTシャツという姿で病室の入り口に姿を見せた。つややかな彼の髪には白いものが混じっていた。

ベネディクテと牧師は、七月一七日木曜日に話をしようと約束していた。約束の時間になっているのにもかかわらずベネディクテのドアの上にグリーンのランプがついていたので、彼は部屋に入るのをためらった。

一五分後、看護師のアネッテ・ヨーウェンセン（Annette Jørgensen）が丸めたタオルを抱えて部屋から出てきた。今日、ついに初めてベネディクテは廊下を歩いてシャワーを浴びに行くことができなかった。それだけの体力がなかったのだ。

アネッテは、ベネディクテが諦めかけているのを感じ取っていた。自分の体の感触がまったくなくなっている。ベッドに横たわっているのは確かにベネディクテではあるのだが、別人のようでもあった。ベネディクテの話すのを聞いていたが、それに何と答えてよいのか分からなかった。自分の無力さを感じた。この世における自分の存在を失おうとしている女性に、何と言うべきなのだろう。

「大丈夫ですよ……」なんて言うのは嘘をつくのと同じだ。

ビアク牧師はドアをノックしたがベネディクテから答えが返ってこなかったので、静かに病室に入った。彼女は目を半ば閉じて待っていた。

「足がもう私を支えてくれないので、体をちょっと洗ってもらっていたの」と、か細い声で彼女は言った。

牧師はベッドの脇に両手をつき、病人のほうに少しかがみこむようにして静かに尋ねた。

「じゃあ、気持ちよかったでしょう？」

「ええ」ベネディクテは一瞬沈黙した。

「不思議ね。ものを食べたり飲んだりしても、それがお腹へ下りていくのが感じられないの。まったく感じられなくなってしまって、本当におかしいわね。まるで、自分がここにいないみたい。すべてが映画になってしまったようで。最高の知性としての神様をどのように考えていいのか分からない。私自身、自分がどこにいるのか分からないのに、どうしてそれが神様に分かるのかしら」

「神様はいつでもあなたを感じてくださっていますよ」と、牧師は保証するように言った。

「私たちが自分をしっかり保つことができなくなっても、いつでも神様は私たちをしっかり守ってくださるのです」

「よい考え方ね。自分がどこにいるか分からなくなっても、神様は私を守ってくださる。私が自分を感じられなくなっても、その知性がどこにあるのかが分からなくなっても……」

「そう思いますよ。でも、あなたには自分がここにいることが分かっていますね。そして、頭のなかでは食事をとったことも覚えています」

「でも、そのことを私の体は感じないの。そういえば、こんなに重い病気にかかることについて聖書には何も書いてなかったと思うけど？」

「そうですね、私も思い出せません。しかし、自分の生を自分で制御できないような状態に大勢の人が陥ったはずです。そのときには、ほかの人や神様に自分を任かせなければなりません。自分で何もできなくなったら、助けてもらうよりしかたないでしょう」

「自分を感じることができなくなったら、あとは信仰だけが残るのね」

そう答えて、ベネディクテは牧師の手をとった。

「あなたの手で私を埋葬してくださるわね。ありがとうございます。そうしてくださると本当に安心だわ。お忙しいでしょうけれど、できることならお願いしたいの」と、彼女は申し訳なさそうに付け加えた。

「もちろん、喜んでしますよ」と牧師は答えたが、その瞬間、心のなかでは「喜んで」という言葉が葬儀に関して使われるのはふさわしくないもののような気がした。

「ほかの牧師さんにお葬式をしていただくより、あなたのほうが生と死の間にきちんと前後関係が整理されるように思うの」と、ベネディクテは言った。

「私たちがお互いを知り合っているからですか？」

「そう」

その場で二人は、ベネディクテの葬儀の際に歌われる讃美歌を選んだ。彼女は、すでに教会も選んでいた。そこは、彼女が洗礼を受けたところとは別の教会であった。ある教会は喜びのために使う場所であり、ある教会は悲しみのために使う場所である。

＊＊＊

青いフィアットの車のトランクには、レタス、チキンサラダ、ツナなどをはさんだパンと、ブドウ、アップルサイダーなどの入ったピクニック用のバスケットが入っている。

七月二五日、金曜日。ピーターの横の助手席には、オレンジ色のビロードの、丈の短いドレスを着た妹のシーネが座っていた。友達であるベンジャミンの家族といっしょにサマーハウスへ出かけているエミールを迎えに行くところだ。

翌日がレアの一六歳の誕生日なので、シーネはユトランドからやって来たのだ。ピーターの携帯電話が鳴り、シーネがそれをとった。

「ピーターの電話です。私はシーネです」とシーネは元気よく答えたが、すぐに真面目な表情になった。

「ピーターに代わりますね」と彼女は言って、ピーターに携帯電話を差し出した。ピーターは車を道路わきに寄せてブレーキをかけた。

電話はベネディクテからだった。

「いつ来てくれるの？」と、彼女は混乱した様子で尋ねた。

「いつも通り、今晩行くよ」と、ピーターは答えた。そして、一瞬彼は沈黙した。ベネディクテは、すでに物事の見分けがつかなくなっていた。

「僕はホスピスへ引っ越したようなものだ……ベネディクテが怖がるから……。夜中に目を覚ましたとき、僕がそばにいると安心するみたいなんだ」と、ピーターはシーネに言った。

夜は、ベネディクテのベッドの横に折りたたみベッドを置いてピーターは眠っていた。

「必要だったら、私もユトランドから出てくるわよ。遠慮しないで言ってね」と、シーネは言った。

「ジャジャーンと僕が言うと、君がさっと目の前に現れる」

二人は兄妹に戻って、ふざけたり笑ったりした。

サマーハウスへ着くと、エミールが力いっぱいピーターに抱きついてきた。エミールは毎日のように、あと何日ベネディクテが生きられるのかを尋ねていた。子どもなりに、母親の余命がかぎられていることを知っていたのだ。サマーハウスへ行く前にも、「何か起こったら必ず迎えに来るからね」と、ピーターは約束してあった。

二日ほど前、ピーターはもう少しで息子を迎えに行くところだったが、看護師たちがまだ最期の日ではないからと教えてくれた。ベネディクテは心臓も筋肉も丈夫だった。

「パパ、あと何日したら子犬を迎えに行くの?」と、エミールは尋ねた。

「予定していたより早くなりそうだよ」

「やったあー!」と、エミールは両手を上げて飛び回った。

家へ帰る道のり、エミールは子犬の写真を見ていた。メスとオスが一匹ずついたが、メスを選んだ。最初は仲間の犬を恋しがってチリが泣くことをエミールは知っていた。

「オスの子犬は運がいいんだね、お母さんのところに残るんだもの」とエミールは力を込めて言い、そしてじっと押し黙って車の窓から外を眺めた。

ピーターは手を伸ばして息子の太ももをさすった。息子は何も言わず、二、三度瞬きをした。

「二〇分ごとにおしっこするって、ほんと？」

「そうだよ、だからパパのお役目じゃなくってよかったよ」

息子がかわいくてしかたないように、ピーターは笑って言った。

「ふーん、それじゃあ、僕はろくに寝られないね」

＊＊＊

犬のやって来る日だった。

ベネディクテの横に広げられた折りたたみベッドの上で、ピーターは六時に目を覚ました。七月二九日火曜日。三〇分ほど、二人はベッドに横たわったまま話し合った。常に夢と現実の境界線にいるようで、昨晩も満足な眠りは得られなかった。

二〇分間隔でポンプがベネディクテに薬の投与をつづけている。昼夜同量の薬を投与するポンプの音でピーターは目を覚ました。

ある晩、ピーターは看護師の一人に、「ベネディクテの余命はどの程度だろう」と尋ねてみた。

「患者がベネディクテのように食事も飲み物も受けつけなくなった場合、通常は三日が限界ですね」と、看護師は答えた。

しかし、ベネディクテは再び小康を得て、食事を受けつけはじめた。

肉体的には苦しかったが、ピーターはベネディクテの傍らで夜を過ごすことを選んだ。彼女は混乱していて、夢と

現実の間を行き来していたが、意識がすっきりする瞬間もあった。とくに早朝、寝床のなかで会話しているときなどはそうだった。ピーターにとって、そのような数分が寝心地の悪い折りたたみベッドで寝ることへのご褒美となった。

祖母のゲアトルードが白い家に泊まって、レアとエミールの面倒をみていた。厳しい試練だったが、ゲアトルードも、祖父のソーレンも、家族の力になれること、わずかなりとも助けになれることを幸せに感じていた。

エミールは七時半に目を覚ました。レアが起きていくと、居間でエミールが「犬が来る！　犬が来る！」と歌うように喜んで飛び跳ねていた。

ヴァイレの郊外にある大きな農家へ行く道は、レアが助手席を占領し、エミールはうしろの座席で我慢した。車に乗せられたとき、チリの小さな心臓はのどから飛びだしてしまうかと思われるほど激しく鼓動を打っていた。

そんな子犬をなだめるために、三人は窓を開け放した。そして、この青いブルーのフィアットの歴史上、初めてこの日、うしろの座席の取り合いが起こり、チリはレアとエミールにはさまれて座ることになった。

六時ごろ、ホスピスの前に停まった車に気づいたベネディクテは混乱して、インガ・クロー（Inga Krogh）看護師に問いかけた。

「なぜ、犬をつれて来るのかしら？」

しかし、ベッドの上にチリが置かれると、ベネディクテは「まあ、なんてかわいい……」と言った。

白い家に到着すると、チリは物珍しそうに新しい生活の場を探検して回った。小さな旗が庭の芝生に残っており、土曜日の夕方に祝ったレアの誕生パーティーを思い出させた。その日はみんな大忙しだった。芝生にテント小屋が二つ建てられ、バーベキュー用のグリルも用意し、テーブルもパーティーらしく飾られていた。

ところが、お客が到着する数分前、この住宅地一帯は激しいにわか雨に襲われた。樋から雨水があふれ出し、テントの一つは、料理の載ったテーブルの上に倒れてしまった。招待客たちは呆然としているし、レアは悲しがるし、ピーターはその場から消えてしまいたい気持ちとなった。しかし、全員が協力してすべてを拭き取り、一時間後には楽しいムードを取り戻してパーティーはよい思い出として残った。

た。

「ハッハッハ、もうお前は私のもの」と、エミールがサンタクロースの真似をして言った。

生後九週間になる子犬は、まるで芝生を踏んではいけないと思っているかのように小さい足でそろりそろりと歩き回った。チリは、みんなの奪い合いの的となった。

「エミール、ちょっとそっとしておいてやって。考えてみてよ、一日中車に乗っていたんだから、少しは休ませてあげなきゃ」と、レアが言った。

そのくせ、一分後にはレアが子犬に呼びかけていた。

「チリ、おいで、おいで。ああ、いい子、いい子」

ピーターが、食事の用意ができたと子どもたちを呼んだ。三人はその日アイスクリームしか食べていなかったので、むさぼるように大量のミートソースとスパゲッティーを自分の皿によそった。その間、チリは、庭に芽吹いたアメリカ樫を掘り起こし出した。ピーターと子どもたちが、ホスピスの庭に出ていた若芽を持ってきて植え替えたものだった。ピーターは笑いながら子犬を止めにかかった。

「おい、おい、だめだよ。やめないと、ホットドッグにしちゃうぞ」

食事の途中、エミールが父親に話しかけた。

「パパ、今日は家で寝るんでしょ。嬉しいな」

「ああ、パパも嬉しいよ」

「一週間ぶりだもんね」と、レアが付け加えた。

その夜はベネディクテに睡眠薬が投与されるので、ピーターは家で休むことにしたのだ。ちゃんと眠れることが嬉しかった。どうか、睡眠薬が効いてベネディクテも眠れますように。夜中に携帯が鳴らずにすみますように。

＊＊＊

睡眠薬は効かなかった。

二〇三号室の入り口には小さなサインがつけられた。そこには、小枝をくちばしに挟んだ平和の鳩の絵の下に「お見舞いの方はスタッフへご連絡下さい」と書かれていた。

病室の向かい側の部屋で、看護師、医者、理学療法士ら一八人が、大きな会議用のテーブルを囲んで午後の打ち合わせを行っていた。

看護師のインガ・クローがまず口を開いた。

「ベネディクテはひどく衰弱しています。薬が効いているので吐き気はありませんが、自分の肉体を感じられなくなっています。何をするにも細かな手助けが必要だし、力も弱っています」

テーブルの周りの人々はそれを静かに聞き取り、うなずいていた。全員がベネディクテの様態をよく理解していた。インガは言葉をつづけた。

「ベネディクテは深く眠ることができず、昼と夜が混同しています。ストレスも増えています。昨晩は睡眠薬を使いましたが、まったく逆効果でした」

男性の看護師が話を引き継いで言った。

「夜中に何度も身震いをしていました。夢を見ているんでしょうね。あるときは、誰かがそばに立っていると思ったようです。空へ手を差し伸ばして、何かを捕まえようとしているようでした。目は開いていましたが、目覚めていたわけではありません」

インガはうなずいて話をつづけた。

「昨日はかなり話をされましたが、言っていることはほとんど理解不可能でした。けれども、相手がちゃんと聞いてくれることを求めてきます。注意深く彼女の言葉を聞いて、繰り返してあげました。今日は、トイレへ行くことが一番の希望でした。歩行器を使って何とかトイレに行きましたが、戻ってくるだけの体力はなく、リフトの使用が必要でした。ベネディクテはリフトをかなり怖がるのですが……」

「ベネディクテは、リフトを使うことは敗北だと言っていました。不思議なことを言うと思いましたが、彼女は確かにそう言ったんですよ」と、理学療法士が言葉をはさんだ。すると、もう一人の看護師が付け加えた。

「自分の力を使ってみてそのことが自覚できたのですから、かえってよかったかもしれませんね。」

インガはつづけた。

「夜になると彼女は感覚が冴えて、わずかなことでも飛び上がりそうになることもあります。夕べは、目の前にいるスタッフが透き通っているかのように、何かその先のものを見ているようでした。夜の当直が彼女と話をしたのですが、途中で会話の焦点がずれてしまうそうです。体の自覚が得られないので、ベネディクテはひどくエネルギーを消耗していいます。回復の道がないこと、もう希望がないことが感じられているようですね」

その言葉が宙に残った。夜は休めるよう、そして昼間は意識がはっきりするように投薬量を増やすことで意見が一致した。

「ベネディクテが入院して、明日でちょうど半年ですね」と、主任医師のハンス・ヘンリクセンが言った。テーブルの周りの全員がうなずいた。その通りだった。信じられないことだが、その通りだった。

「ハンス、お薬のこと、ベネディクテに言って下さる?」と、インガが尋ねた。

「そうしよう」

第 8 章

終わりの日

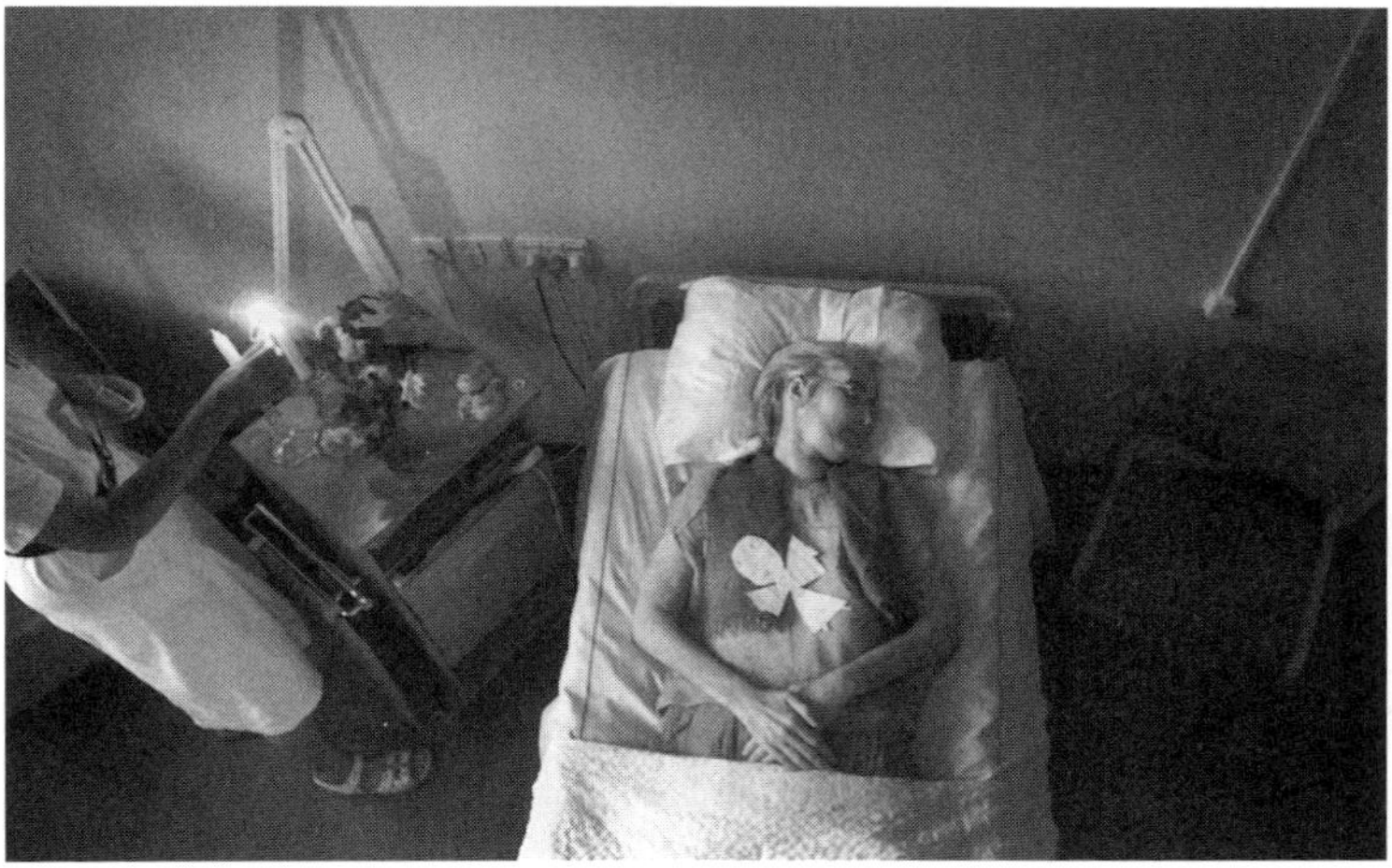

看護師のリタ・ニルセン（Rita Nielsen）は、これ以上ベネディクテを苦しませたくなかった。

八月五日、火曜日の美しい朝だった。彼女は、ベネディクテがかなり無気力になっていることに気づいた。現世とのかかわりをこれ以上無理強いすることは、意味のないことのように思われた。食事をとることも、液体を飲み込むことも、ほとんどできなかった。その日の朝、彼女は水を一口受けつけただけだった。

リタ・ニルセンは、主任医師のハンス・ヘンリクセンに会って告げた。

「提案してもよろしいでしょうか。ベネディクテの痛みを和らげて、落ち着かせてあげてはいかがでしょうか」

すでに、かなりの量のドルミカム（Dormicum）が投与されていた。筋肉の緊張を和らげる安定剤で、服用すれば夜の一〇時から翌朝まで安眠することができる。

二人は、薬の量を増やすことで合意した。たとえその結果眠りつづけることになっても、ベネディクテには安らぎが必要だった。二人の意見は一致したが、それによってベネディクテの意識が戻らなくなるような措置に対してはピーターの同意が必要だった。

リタ・ニルセンが昼食後にベネディクテを見舞った際、薬はまだ効いていなかった。

「今、何時なの？」と、ベネディクテはすぐに聞いてきた。

彼女はいつも使っている黒い手帳を手にしていたが、時の感覚さえつかめれば何とか安心できるのだった。死の間際にある人がそうであるように、ベネディクテの言葉も象徴的になっていた。つい最近、彼女は「自分の頭が見つからない」と言って苦労していた。リタにはよく理解できたが、九歳の息子には薄気味悪いものだったにちがいない。

またある日、彼女は「黒い掛け布団」を探していた。

「それは、あなたがもうすぐ死のうとしているからよ」と答えることはしなかったが、日曜の午前にベネディクテが象徴的な言葉を発するようになって以来、彼女はその経過をはっきりととらえてきたのだった。

「なぜ、この旅行は四万クローネもするの？　行き先さえ分かっていないのに」

「本当に、それは高いわね」

「もしかしたら、二万クローネだったのかしら？」

「ベネディクテ、あなたにはそのツアーは無料かもしれないわ」

「でも、私がどこへ行くのか、ホスピスで教えてくれるんじゃないの？」

「そうだったわね。でも、まずどこへ行きたいのか教えて下さいな……」

「やわらかくて、波打っているところ」

リタ・ニルセンは、ベネディクテを平和に満ちた幻想の宇宙に導いていった。

「遠くへ出かけるのって、たいへんね」と、リタは言った。

「あら、そんなに遠くへ行くの？　私はすぐ向こうかと思っていた……」

「ああ、そう。そうだったわね」


リタは、窮極に直面している人との会話が自分を賢くしてくれているのを感じた。その日のベネディクテは、本当に病の苦しみを背負っている人の姿を見せていた。始終申し訳なく思い、お礼を言い、ひっきりなしに明日のことを語り、今日が明日であるのかと尋ねつづけた。

「いいえ、今日は今日よ」と、リタ・ニルセンは答えた。

「あらそう、昨日は明日かと思ったの。明日にはよくなるわ」と、ベネディクテはささやいた。

「明日はよくなると思うの。明日をありがとう。明日、私、気分がよくなると思うの。明日に電話をして、忘れないで来てくれるように頼もうかしら?」

彼女は一瞬眠りに落ち、そして再び体を硬直させた。少し経って、彼女は言った。

「私、明日はここにいないかもしれない……」

そして彼女は、「手を握って欲しい」と言った。

＊＊＊

翌日の午後、ベネディクテの病室のすぐ外のソファーで、ピーターとハンス・ヘンリクセン医師は声をひそめて話していた。医師は腰をずらして、ピーターを正面から見ていた。ピーターは首を回して医者の顔を見たが、話をしながらときどき医者の背後や床のカーペットに目を泳がせていた。疲れきった、深刻な表情をしていた。

ベネディクテの睡眠時間を延ばすためにドルミカムの投与量を増やすことを検討していると聞かされ、本当に辛かった。ただ、それはエミールのためでもあった。母親の支離滅裂なうわごとは、エミールには耐えられないことと思われた。

しかしそれは、ベネディクテとの意志の疎通を失うことを意味していた。なんと過酷な決断を自分は迫られているのだろう。

生命の尊厳を失うとはどういうことなのか。生きている意味を失うとは？ エミールのことを考えると、これ以上治療をつづけることは無意味なのかもしれない。でも、ピーターにとって、そしてベネディクテの両親にとっては意味あることではないだろうか？

ベネディクテのうわごとを聞くのは恐ろしいことだった。しかし、ときおり意識が戻る瞬間もあり、ついさっきも友人に贈るバースデープレゼントのことをピーターに話していた。ウェーバーの料理の本を贈りたいと言っていたあのとき、意識はしっかりしていた。

病室を訪れてもベネディクテは眠っているばかりで話をすることもできないなんて、想像するのも恐ろしかった。

「一晩考えさせて下さい」と、ピーターは医者に言った。

「結構ですよ。急ぐことではありません」

＊＊＊

その晩、ピーターは狂ったように図面に向かった。考えるために図面を引いた。それに、エクスペリメンタリウムの水槽部分を三倍に拡張するプロジェクトも完成させなければならなかった。

ベネディクテを安眠させるために薬の量を増やす案に反対したくて、ピーターはありとあらゆる理由や言い訳を考えた。考え付いたことをすべて後頭部にしっかりしまってから、眠りに就いた。朝には答えも浮かんでくるだろう。

目が覚めたとき、彼の迷いは消えていた。ベネディクテはこの週末に息を引き取るだろうと感じた。子どもたちがその場に立ち会うべきかどうかはまだ分からなかった。ベネディクテの両親はどうだろうか。もし、義父と義母がそれを望むなら、その場にいてもらうべきだろう。

ベネディクテへのドルミカムの投与量はすでにかなり多くなっていた。そのためか、この木曜の午前には彼女は意識がもうろうとしていた。肉体はこのあとの事態に備えて常に緊張した状態で、休息時の脈拍も一五〇だった。病が薬の力を上回っていた。最後に食事をとったのはもう何日も前で、水も一日にやっと一口飲める程度だった。

言いたいことを伝える言葉を探すのにも苦労をしていた。「ドレスはどこ？」と聞くのでリタが時刻を告げると、その答えが求めていた返事だったらしく満足をしていた。

ピーターは病室に入るなり、ベッドの背に支えられているベネディクテを抱きしめた。夏休みが終わって新学期がはじまり、エミールが子犬を連れて登校したことなどを話してみたが、通じてはいないようだった。

その後、ピーターは主任医師のハンス・ヘンリクセンと面会した。病院側の提案に合意すると告げるためだった。ベネディクテを眠らせてあげて下さい、もうこれ以上闘っても意味はないでしょう。子どもたちにもそのことは話してあるし……。

ピーターは、内心、まるでニワトリの頭を落とすようだと感じた。でも、ニワトリではないのだ。人に、そんなことをしてはいけないのだ。しかし同時に、今のベネディクテの様子を見るのは耐えられないことでもあった。彼女の尊厳を踏みにじるようなものだった。今の彼女から受ける印象を、この先記憶から除き去ることは難しいだろう。

薬は、夜一〇時ごろには効力を発するとのことだった。

＊＊＊

八月八日の正午、太陽は空についた染みのように燃えていた。二〇三号病室の窓は開かれており、花の香りが満ちたなかで、理学療法士のアウネーテ・ベルグニルセン（Agnete Berg-Nielsen）はベネディクテに軽いマッサージをしていた。通常は、死の直前にある患者に行うものではなかった。しかし、数か月前、ベネディクテはアウネーテに、「そうしてみたことがあるの？」と尋ねたのだった。

「ええ、ありますよ」

「私にもして下さいね。きっと、あなたの手だと分かると思うわ」

そして今、アウネーテはベッドの頭のほうに立って、ベネディクテの肩や首筋をマッサージしていた。ベネディクテは、はっきりと聞こえるため息をついた。しかし、目は閉じられたままで意識はなかった。

アウネーテは、ベネディクテに会うのはこれが最後だろうと感じた。体をこわばらせ、気をもみながらよりも、マッサージで体をほぐしたほうが楽な気持ちでこの世を去ることができるだろう、と彼女は思っていた。

看護師のインガ・クローが、ベネディクテとアウネーテの姿を見て言った。

「決断のときでしょうね。ご家族の方々に連絡するときが来たのではないかしら」と、彼女は理学療法士に問いかけた。

二人はベネディクテの様子を注意深く見た。臨終直前の人によく見られる兆候がすでに現れていた。手足は青い大理石のようになり、呼吸もひどく不規則で、長い休止時間があった。そのような状態で一日以上過ごす患者もいる。しかし、経験豊かなこの二人は、ベネディクテには数時間しか残されていないと判断した。

電話で、連絡がとられた。

インガ・クローがピーターの携帯電話に連絡したとき、ちょうど彼はレア、エミール、そしてチリを連れて、ブルーのフィアットをホスピスの裏口へ駐車させたところだった。ピーターは、「今が、そのときなのだ」と感じていた。

くたくたに疲れていたが、ピーターは昨夜の九時ごろにベネディクテを訪れていたのだ。一〇時にドルミカムとモルヒネの投薬量が増やされる。そのときを過ぎてしまったら、ベネディクテと話す機会は永遠に失われるだろうと思った。

ホスピスで過ごした時間のなかで夜が一番辛かった。彼は一睡もせずにベネディクテを見守りつづけた。ベネディクテは三度深く息を吸い込んだあと、長いこと呼吸をしなかった。彼女が息をするたび、それが最後になるのではないかと彼は耳をそばだてた。

朝の七時ごろ、ピーターの恐れは最高潮に達した。もうその場に居つづけることに耐えられなかった。そばにいるべきだとは知りながらも、彼は外へ駆けだした。

家に戻り、二、三時間の睡眠をとろうとしたが、ダブルベッドの上で寝返りを打つばかりで眠ることができなかった。

「これではだめだ、まちがっている。僕は彼女のそばにいなければ……」

すでに祖母のゲアトルードがエミールを学校へ送り届けたあとだったので、ピーターとレアはエミールを学校へ迎えに行き、三人いっしょにホスピスへと向かった。

＊＊＊

ピーターと子どもたちが病室に入ったとき、アウネーテはベネディクテにマッサージをつづけようとしていた。しかし、家族がベネディクテとの最後の時を過ごせるよう、彼女はそっと病室を出た。

チリの行動にも何か心を動かされるものがあった。子犬はためらわずにベネディクテのベッドの下へもぐり込み、体を丸めたのだ。

レアはベッドの一方に座り、泣きながら母親の手をとった。もう一方にピーターがエミールを膝に乗せて腰掛け、妻の左手を握った。ベネディクテの喉からガラガラという音がし、エミールは気味悪がった。

ピーターは迷った。早朝、つい数時間前に比べるとベネディクテの症状はずっと悪化している。子どもたちはこれに耐えられるだろうか？　そして、僕自身は？

看護師のインガ・クローは、ピーターがアドバイスを必要としていることに気づいた。レアは母親の耳に何かをささやいた。いつかベネディクテはレアに、「覚えていてね。手を握って、そして私に話しかけてね。もしかしたら聞こえるかもしれないから」と、頼んだのだった。

ピーターもベネディクテに話しかけ、三人とも彼女のそばにいること、今日の午前中に何をしたかを語った。ベネディクテの目は閉じられたままで、反応らしきものも見られなかったがピーターは話しつづけた。そうすると約束したのだから。

ベネディクテの両親のゲアトルードとソーレン、そしてベネディクテの親しい友達二人もその場にいた。友達の一人は、ロドオア高校の同僚リスベットだった。リスベットとベネディクテは姉妹のような間柄であったし、最期が来たら、私も手を握っていてあげると約束していた一人だった。

全員がベネディクテの体に触れた。手、指、つま先。太陽の光は暖かく、たくさんの人が集まってくれてよかったとピーターは思った。夜、一人で死に対面しなければならなかったとしたら、悪夢だっただろう。

＊＊＊

二時一五分前、ピーターの携帯電話が鳴った。ディスプレーは、マルモに住む気功師のリチャードの番号を表示していた。

リチャードは名乗らずに、いきなり「何が起こった？」と尋ねてきた。ピーターは鳥肌の立つ思いをしながら、「ベネディクテがもうすぐ死んでしまう」と答えた。

それから数時間、家族と友達は、静かに横たわっているベネディクテを見守りつづけた。あまり話はしなかった。会話の必要もなかった。

看護師のインガ・クローはときどき顔を見せて、「ご用があったらいつでも呼んで下さいね」と言った。

ピーターとエミールは隣の居間へ行き、椅子に腰掛けた。ボタン一つで調節できるタイプの電動椅子で、エミールはボタンをいじり、椅子は父子を乗せたまま上下した。ピーターは、カーキ色のパンツにサンダルとTシャツという姿だった。

自分はすでにベネディクテを失ってしまったのだ、と彼は思った。意思の疎通がなくなった時点で、ピーターにとっては彼女は死んでいた。ここ数日来、ベネディクテの意識が遠ざかるにつれて、彼は少しずつ妻との別れを惜しんできた。今は体だけが残されて、呼吸しているにすぎないと彼には思えた。生物学的なプロセスだけが進行している。そう考えることで事実を認め、耐え難いことが耐えられるように思えた。

「パパは疲れたよ」と、彼はエミールにつぶやいた。

「年をとってからたくさん寝ればいいでしょ」とエミールは笑いながら答え、ピーターの胸に後頭部を押し付けた。

エミールは、チリと散歩してくると言って庭へ出ていった。ホスピスの内部はひんやりしていたが、外は三〇度近くある。遊び盛りの子犬はふざけながらエミールの手に歯を立てるので、エミールは子犬のうなじをつかんでやめさせた。

子犬がおしっこをしたのでウンチもしたかと思って地面を見たが、枯葉があるばかりだった。エミールはチリとふざけあった。二〇三号室の病室のなかの現実が心に重くのしかかってきたが、子犬の存在がエミールに「命」と「生きる」ということの意味を再確認させてくれた。

一五分ほど経つと、エミールの祖父も外へ出てきた。金魚のいる小さな池のほとりで孫を見つけて、声をかけた。

「エミール、池の周りになぜ紐が張ってあるか知っているかい？　鳥が池に降りてきて、金魚を食べないようにしているんだよ」

祖父はベネディクテ同様、自然を愛していた。庭を歩きながら、変わった木の葉を見つけて孫に言った。

「見てごらん、これはイチョウだよ」

二人は並んで病棟に戻った。

＊　＊　＊

三時半に夕方の交代があり、看護師のエレン・イェンセンがベネディクテと家族の担当となった。インガ・クローは、帰宅する際にもう一度病室に顔を見せた。

「ピーター、何か私にできることがあるかしら？　今ここにいて欲しい人は全員揃ったかしら？」

ピーターは涙がわきあがってくるのを抑えた。

「僕が望んだ通りです。来て欲しかった人たち、全員が揃っています」

四時一五分過ぎ、ゲアトルードは娘の顔の変化に気がついた。彼女は以前看護師であったので、これまでに人の死に際には何度も立ち会ってきたが、ベネディクテのようにはっきりと最期を予告する顔を見たのは初めてだった。

それから二、三分して、ベネディクテの呼吸は止まった。チリは何かに気づいたようにベッドの下に入り込み、体を丸めた。ゲアトルードが立ち上がってエレンに告げた。

「亡くなったようです」

エレンは静かに病室に入り、そっと人々のうしろに立った。脈をとったり、命をとどめようとはしなかった。ここはホスピスであり、病院ではない。患者の胸の上下運動がすでに停止していることをエレンは看てとった。

ベネディクテは平和を獲得したのだった。

ベネディクテが逝ってしまったことは、ピーターの目にも明らかだった。死の瞬間、彼女の表情は硬直したが、その後穏やかなものになった。まるで、ロウソクの炎が吹き消されたようだった。

誰も一言もしゃべらなかった。周囲の者は、みんな黙って涙を流していた。ピーターは、止めどなく流れる涙にぬれたエミールのメガネをはずしてやった。

「お子さんたちといっしょに、ご家族だけでベネディクテにお別れをされますか？」とエレンがピーターに尋ね、友人二人と祖父母は部屋を出て、廊下で無言でしっかりと抱きあった。

ピーターと子どもたちは、ベネディクテに最後の別れを告げ、部屋を出て祖父母と抱擁を交わした。ベネディクテの弟たちにも連絡がとられ、当直室では、エレンが棚から白いロウソクを取り出して火を灯し、テーブルの真ん中に置いた。

こうして、スタッフ全員に患者の一人が亡くなったことが告げられた。

ピーターはエレンに歩み寄り、そのうしろにエミールとレアがつづいた。レアは子犬を抱きかかえて、その柔らかな毛並みに顔をうずめていた。子犬はレアの腕のなかから首を伸ばして、やっとのことでエミールの耳をなめた。

「エミール、チリに耳をなめさせちゃだめよ」と、レアは悲しげにほほえんだ。

「ちょっと歩いてきます。またすぐに戻ってきます」と、ピーターはエレンに告げた。

「それがよろしいでしょう」と、エレンは答えた。

　エレンは、もう一人の看護師とともにベネディクテの世話をはじめた。体を拭き、髪を梳かし、棺のなかで着るためにピーターとベネディクテが用意していた衣服を着せるのである。

　ピーター、レア、エミールの三人は、スーパーマーケットでアイスクリームを買った。そして、庭に腰を下ろした。緊張が解け、肩にかかった重みが消えていくのが感じられた。すっきりとしていた。全員が、この危機的な状況を通過してその場にいることができた。ベネディクテの死は静かに訪れ、家族が理不尽なことを強要されることもなかった。美しい死というものがあるなら、ベネディクテの死はまさに美しいものだった。

　ベネディクテの母親は、廊下のソファーに座って何かしらを読みふけっていた。当初、彼女はベネディクテのホスピス入院には反対していた。自分とソーレンの家にはスペースが十分あるので、娘を自宅に迎えて自分が看病しようと思っていたのだ。ところが、ベネディクテ自身がホスピスで死を迎えることを望んだのだ。

しばらくすると、ベネディクテの選択が正しいものであったことをゲアトルードも悟った。

「私も反対だったのよ」と、散歩から戻ってきたレアが言った。

「そうだったの?」と答えながら、祖母は不思議そうに孫の顔を見た。

「今までそんなこと、言わなかったわね」

「ええ、同意したら、まるでママを諦めてしまうような気がして……」

「でもね、ここにいたおかげでママは生きることができたのかもしれないわね」と、ゲアトルードは答えた。

一七時五〇分、エレン・イェンセンが二〇三号室から出てきた。

「済みましたよ」

ナイトテーブルには二本のロウソクが銀の燭台に灯されていた。開いた窓からかすかな風が入り、炎が揺らいでいた。看護師たちがベネディクテの顔を多少左に向けてくれていたので、部屋に入っていくと、その横顔がやさしく穏やかに見えた。

灰色の髪はていねいに梳かれており、メガネが閉じられた目にかけられていた。口元はわずかに開かれ、かすかな微笑が浮かんでいるかのようであった。ライトブルーのTシャツを着、グレーのズボンをはいていた。胸元には青緑色のスカーフがあしらわれていた。ベネディクテはまるで眠っているかのようで、胸元に重ねられた両手は羊皮紙のように白かった。

ベット脇のスタッフ呼び出し用の引き紐と、ナイトテーブルの電話は片づけられており、ドアの脇のブルーの椅子にはエミールの漫画本、もう一脚の椅子にはチリのリード（紐）が置かれていた。そして、灰色のペットボールが床に置かれ、壁からはエミールの天使がベネディクテを見下ろしてほほえんでいた。

エミール、レア、そしてピーターは言葉なく佇んでいたが、そこへベネディクテの弟たちが到着し、みんなと抱擁を交わして静かに涙した。

その夕刻七時すぎに、ピーターは当直室の電話からベニー・ビアク牧師に連絡をした。話し終えたところで彼は振り返って、チリにリードをつけて立っていたレアに言った。

「お葬式は木曜になりそうだよ。ビアク牧師は、土曜日は都合が悪いそうだ」

ピーターの顔色は灰色に近かった。

木曜日には、すでにレアのエフタースコーレがはじまっている。

「それなら日曜日は？」と、彼女は尋ねた。

「週末はまったくだめなんだそうだ」と言いつつ、彼は部屋を出ようとした。

エレンがそれをとどめて、「食堂に食事が用意されています。よろしかったら、みなさんで召しあがってはいかがですか？」と言った。

「すみません、ありがとう」

両親と弟たちは家に帰ることを望んだ。エミールは一人で、リビングにあるテレビでディズニーショーを見ていた。空腹ではなかった。レアとピーターは出された食事を食べ、エミールとチリをつれてベネディクテに別れを告げに病室へ入った。

どの絵を母親の棺のなかに入れるかを決めるのはエミールの役目だった。彼は、自分がつくった切り紙の天使を選んだ。ベネディクテが毎日のように眺めて過ごした、壁の天使である。ピーターが額を壁からはずし、天使を取り出してエミールにわたすと、それを母親の胸の上にそっと置いた。

そして遺族は、スタッフにも気づかれずに、静かにホスピスを後にした。家に戻って睡眠をとるために。

＊＊＊

翌朝、ピーターは自分が疲れ切って、カラッポの抜け殻になってしまったように感じた。もう、ベネディクテに会いにホスピスへ行くこともないのだと思うとなんか不思議な気分だった。しかし、ベネディクテの母親と弟の一人とともに、空いた部屋に次の患者が入れるようにするため、彼女の私物を引き取りにホスピスへ出かけた。ベネディクテの遺体はチャペルに安置されていた。

日曜日に葬儀屋が面会に来た。焼け付くような暑さにもかかわずエナメル靴を履き、ネクタイをきっちりと締めていたので、悲しいなかにも、ピーターは「ラッキー・ルーク[1]」に出てくる葬儀屋を連想しておかしく思った。しかし、大変手際のよい人で、献花、棺、市・国・組合へ提出しなければならない各種の書類などを次々と片づけていった。

多くの友人たちに「ベネディクテが亡くなった」と電話で知らせなければならないの

（１）　ベルギー人漫画家モーリスによって1946年より2001年までの間に発表された一連のマンガ物語の主人公。自分の影よりも拳銃が早いカウボーイ。日本では、リュッキー・リューク。

だが、それは辛い作業だった。そのリストには、三〇名ほどの名前が連ねられていた。ピーターは、電話の周りを何度もウロウロした。

連絡し終えたとき、すでに火曜日になっていた。リストの名前がすべてチェックされ終わったとき、空虚感がひとしお強く押し寄せてきた。

彼は、国教会[2]のメンバーではなかった。ベネディクテの死を体験した今、信仰が支えになるどころか、どちらかと言えばその逆だった。ただただ、無意味なことに思えたのだ。彼女の死を正当化してくれる宗教など存在するはずがない。何たる浪費。素晴らしい人格と才能が失われてしまったのだ。

ピーターは、自分が半分になってしまったかのように感じた。彼一人が残されたために、親としてこれから子どもたちに与えなければならないことが不可能になってしまうであろうさまざまなことを思い浮かべた。

ベネディクテとピーターは、それぞれが独立した個人であったし、現に独立した生活を送っていた。彼は子どもたちに与えるべき多くのことをベネディクテから学んではいたが、彼は母親ではないのだ。

（2）　デンマークではルーテル派のプロテスタントが国教会で（約81％）、居住者は自分でその旨を通知しない限り国教会の会員であるとして教会税が徴収される。

レアがこれだけしっかりして負けん気が強いのも、ベネディクテといっしょによく散歩をしたからではなかっただろうか、誰にその代わりができるというのか……ピーターには答えが浮かばなかった。

と同時に彼も、月曜日に提出と決まっているエクスペリメンタリウムのプロジェクトを完成させなければならなかった。ピーターは、徹夜をして何とかそれを間にあわせた。このことは、ピーターに非常に大きな満足感を与えてくれた。葬儀が終わったら、エミールをつれてランディア(3)に出かけよう。

睡眠をとっただけでは疲れはとれず、疲れそのものが現在の状況となっていた。

＊＊＊

ベネディクテには友人がたくさんいたので教会は満席だった。ベネディクテが献花の代わりに聖ルカ・ホスピスに寄付を望んでいたので、彼女の父であるソーレンは教会に花がほとんど届けられないのではないかと気をもんでいた。しかし、ヴィドオアの教会では、流れつづける小川のように花束が尽きることがなかった。ベネディクテの花や自

（３）　92ページの注（１）を参照。

然に対する愛着を、すべての知人が忘れずにいてくれたのだ。

教会の椅子が足りずに、立ったまま、あるいは中央の通路にじかに腰を下ろすという状態で葬儀に列席した人々もいた。マルモのリチャード、レアの友達スザンネ、トーステンと彼の妻、そしてホスピスからリタ・ニルセン、エレン・イェンセン、アネッテ・ヨーウェンセンも列席していた。

ベネディクテの友達で、いっしょに笑いの講習会に参加したアネが、白い家で留守番をしてくれていた。ベネディクテがどこかで、「葬儀が行われている間に遺族の家にしばしば空き巣が入る」という記事を読んでいたからだ。

牧師は白い棺のうしろに立っていたが、ベネディクテを葬らなければならないことに心を痛めていた。ベネディクテの率直さと勇気に、彼は深い感銘を受けていたのだ。

ベニー・ビアク牧師は、追悼の言葉のなかで、最前列に座っていた二人の子どもたちに直接話しかけた。

「ベネディクテさんは母親であることに喜びを感じ、あなたち二人を言葉では言い尽くせないほど愛しておられました。残念ながらお母さまは亡くなりました。お母さまご自身にとっても、あなた方にとっても悲しいことにちがいはありません。しかし、お母さまがあなたたちに伝えたいと望まれたことは、だからといって人生が悲劇で終わるわけではないということです。お母さまは、あなたたちが幸せな一生を過ごすであろうと信じておられました。あなたたちは、やさしい方々に囲まれています。学校関係、学童保育関係、お友達、親戚家族など、お母さまはそのやさしい方々に大変感謝をしておられましたし、あなた方はこれからも新しい知り合いや友達に恵まれることでしょう。周囲の人たちの思いやりがあってこそ、私たちは恐怖に負けず、生命を選ぶことができるのです。ベネディクテさんご自身、そのような思いやりのあるお手本の人のようでした」

レアとエミールは、父親と隣りあって教会のベンチに腰掛けて、無言で牧師の話に聞き入っていた。教会の上を雷が通りすぎたとき、牧師は、天候までがベネディクテのあまりにも早い最期に反抗しているかのように思った。そして、レアも同じような気持ちでいた。

「土から生まれ、土に戻り、土からまた甦る」

ベニー・ビアク牧師は、墓穴に安置された棺の上にシャベルで三度土を投げかけた。ピーターは左手でレアの肩を抱き、レアは頭を彼の肩にもたせかけている。彼女の顔は青白く、目を赤くして足元を見つめている。そして、ピーターの右手はエミールの手をしっかりと握っていた。少年の視線はまず墓穴を差し、そしてレア、父親へと視線を移した。ピーターは、息子にやさしくうなずいた。

牧師の合図を受けて彼は子どもたちから手を離し、一歩前へ進み出た。か細い声で、ピーターは参列者全員、とくにホスピスのスタッフたちに礼を述べた。親密さを具体的に表現してくれたことに対しての感謝である。エレン・イェンセンは、ホスピスのスタッフ三人と並んで目頭を押さえていた。

ピーターが「ベネディクテの両親の家にコーヒーをご用意しています」と告げたが、人々はなかなかその場を去りたがらず、しばらくの間お墓を見つめながら小声で話し、

＊＊＊

ピーターと子どもたちを抱擁していた。

レアの親友であるスザンネは、レアの腰に手を回して哀悼を伝えつづけた。それに対してレアは、感謝の眼差しでこたえている。エミールと友達のベンヤミンは、お墓のそばにいたベンヤミンの両親の周りで石蹴りをして遊んでいる。

エミールはその友達に笑いかけていたが、ときどき立ち止まってはメガネの奥のぬれた目を拭いている。それに気づいたトーステンが、エミールの頭をグシャグシャと撫でてやった。エミールはピーターの足に絡みつき、抱擁を受けた。

やがて、ピーターが長茎の赤いバラを三輪お墓に供え、参列者とともに墓地を後にした。

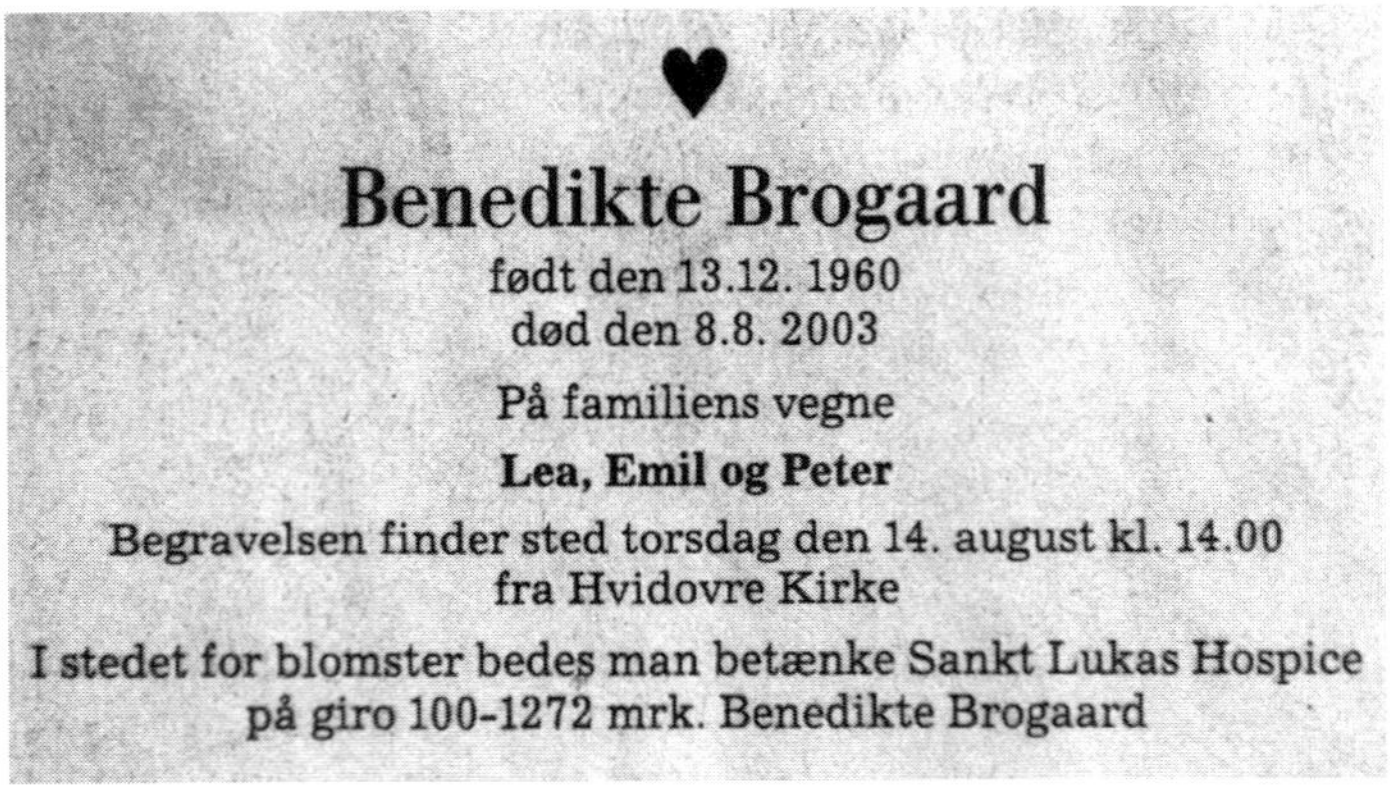

♥

Benedikte Brogaard

født den 13.12. 1960
død den 8.8. 2003

På familiens vegne

Lea, Emil og Peter

Begravelsen finder sted torsdag den 14. august kl. 14.00
fra Hvidovre Kirke

I stedet for blomster bedes man betænke Sankt Lukas Hospice
på giro 100-1272 mrk. Benedikte Brogaard

新聞に掲載された死亡通知

♥

ベネディクテ・ブローゴー

1960年12月13日生
2003年８月８日没

遺族代表

レア、エミール、ピーター

葬儀は８月14日14：00よりヴィドオア教会で執り行われる

献花を考えておられる方は、聖ルカ・ホスピスの振替口座
100-1272（ベネディクテ・ブローゴー名義）に寄付をお願いしたい

第 9 章

エピローグ

「お父さん、いつになったら寝るの？」

寝室からエミールの甘える声が聞こえてくる。少年は喉の痛みを訴えており、その声は振動する空気の摩擦音のように擦れていた。

エミールは、二日間学校を休んでいた。今夜、ヴィドオアの白い家のテラスでテーブルにキャンドルを灯して、ベネディクテが亡くなったあとのことを私たち（取材スタッフ）にピーターは語ってくれていた。四二歳の妻の葬儀を済ませてから、一か月以上の時がすぎていた。

「あと四〇分ぐらいで寝るよ」と、ピーターはエミールに大声で返事をした。

「もっと早く来てよ……」

「だめだめ、もう少ししたらね」

ベネディクテの葬儀以来、エミールはピーターのダブルベッドへもぐりこむようになっていた。告別式は、感動的で心温まるものだった。式のあと、一〇〇名ほどの人がベネディクテの両親の家に集まり、コーヒーと、彼女が好きだったケーキのもてなしを受けた。そして、みんなで同じ思いを分かちあった。

「想像してみて下さい。あんなに大勢の人々が、私のことを気遣って集まってくれたんです。みんなが私を抱きしめてくれたんです。あれほど、人の思いを近くに感じたのは初めてのことでした。でんぐり返りをしたいほど感動しました」

配達されたピザの箱を前にピーターは話した。ピザには、ゴーゴンゾーラとパルマハムが乗っている。

あの日、ピーターは初めて告別式の意味を理解したのだ。

「大変美しい儀式だと思います。その後、参列者それぞれが前向きに生きるためには必要なのですね。葬式って重苦しい儀式だと思っていましたが、今まで私が想像していたよりずっと感動的でした。あんなにたくさんの人々が私たちの周りに集まって、手を差し伸べて支えてくれました。先へ進むために必要なことだったんですね」

告別式の翌日、ピーターは子どもたちをつれてユトランド島のチエーレラングスー（Tiele Langsø）へ出かけ、グラフィックデザイナーである妹のシーネ主催の大型テントを張った集まりに参加した。大勢の知人やその子どもたちもいて、その間は悲しみを忘れることができた。焚き火をし、カヌーにも乗った。

「ベネディクテの葬式のあと、何かしらのアクティビティーに参加することが必要だったんです。葬式の準備の間は猛烈に忙しくて、トップギアで疾走している感じでリラックスなんてできませんでした。だから、ユトランド半島まで足を延ばしてよかったと思います」

＊　＊　＊

月曜日には、レアはもうエフタースコーレ(1)へ戻らなければならない。ピーターはエミールをつれ、スーツケースに荷物を詰めてラランディア(2)へ出かけた。ベネディクテが病気だった間はサイクリング、ベルギー旅行、ラランディア旅行など、夏の計画はすべて諦めなければならなかったので、今、エミールにその償いをしようとしていた。

しかし、ラランディアで泳ぎを楽しむことはあまりなかった。ピーターとエミールはスパ、サウナ、電子レンジなどが完備された八人用のキャビンのなかでほとんどの時間を過ごした。急に決めたことだったので、二人用のキャビンの空きはなかった。

（1）　63ページの（注6）を参照。
（2）　92ページの（注1）を参照。

「エミールも僕も、久しぶりにぐっすり眠りました。ラランディアにいる間に、エミールが悲しんでいるのがはっきりと分かりました。自分の身の上に何が起こったかを、やっと理解しはじめたのでしょう。エミールがあれほど疲れきって沈んでいるのを見たことがありません。でも、私自身もそうなのです。毎朝、目が覚めて起き上がっても疲れが残っていて、いつもベッドに戻りたいと思っていました。でも、二人でトールキン(3)の『ホビットの冒険（The Hobbit, or There and Back Again）』はずいぶん読みましたよ」と、ピーターは言った。

レアはエフタースコーレに入学が決まったので、ラランディアにはたったの二、三日しかいられなかった。しかし、友人であるイェンスとメッテ、そして彼らの娘のイーダとピーターの妹のシーネとその夫が訪ねてきてくれた。

もちろん、チリはずっといっしょだった。エミールがプレイステーションの難関なゲームを突破しようとしていたときに電源コードを突然噛みはじめたため、あやうくチリは生まれて初めて厳しいお仕置きをされるところだった。

日曜日にラランディアから戻ると、ピーターはすぐに大量の洗濯にとりかからなければ

（3）（John Ronald Reuel Tolkien）1892～1973。イギリスの作家・英語学者。『ホビットの冒険』『指環物語』などの空想的寓話で有名。

ばならなかった。翌日から、エクスペリメンタリウムでのフルタイムの仕事がはじまるからだ。エミールの学校もはじまる。ピーターもエミールも、仕事や学校へ戻る気にはなれなかった。疲労感もあり、また何かをしていかなければならないという現実が重荷となっていった。しかし、二人ともそれぞれの毎日の生活へ戻っていった。

＊＊＊

ある意味で、仕事に戻ることはピーターにとっては救いとなった。親身になってくれる同僚もいるし、仕事が一日の大半を占めるので、ひっきりなしに脳裏を行き来する過去の思い出や将来への不安からも逃避することができた。

今は一日一日をこなすことが必要で、公的、私的な予定でカレンダーはいっぱいになっている。数多くの人々がピーターのことを心配して、いろいろ気にかけてくれていた。

「それでも、僕たちの気持ちが本当に和らぐことはなかなかないのです」と、ピーターは言う。

「僕の心のなかは空っぽです。自分は生命をもっているのだけれど、それを何に使ったらよいのでしょう。もちろん、レアとエミールのために生きなければならないことは分かっています。でも、それ以上に自分を前進させてくれる何かを以前はもっていたのです。今はなんだかすべてに意味がなくなってしまったような……ベネディクテは本当にいなくなってしまったのです」

今は、面白いことも楽しいこともほとんど見つからないのだ。

「生きる楽しみをもう一度見つけださなければならないのは分かっていますが、でも、そのための手引書のようなものが見つからないのです。おまけに、僕が楽しくしていなければ子どもたちも楽しくないのです」

ピーターはエミールのことを常に心配して、頻繁に心理アドバイザー、学校、学童保育などと連絡をとっている。授業中エミールは普通にしているが、以前に比べると自信を失っているようだ、と聞かされた。

「エミールは、以前よりも私に依存するようになっています。学校への送り迎えをしてもらいたがるし、絶えず私がどこにいるかを気にしているんです。それに、迎えに行く時間が少し遅れても心配するし、ほかの人に迎えを頼むのもいやがるし……」

ピーターは、冬休みにマデイラ（Madeira）行きのチャーター旅行を予約したところだったが、エミールが以前のようにスキーには行きたがらない。今のエミールにとって、スキーは冒険すぎるのだろう。一方レアは、ピーターやエミールとは違って、時速一二〇キロの速度で前へ進んでいるとピーターは語る。

「それでも、レアもいろいろなことに疑問をもちはじめているようです。たとえば、乗馬のことなど。仲間が全員、彼女より上達していると思っているようだし、将来のことがはっきりするまで馬を買う計画は延期したようです。しかし、レアは、こうだと思ったらちゃんと実行に移していきますね。レアも、エミールと同じようにいろいろ悩んで考えているのでしょう。でも、レアは友達といっしょに過ごすことが上手です。それに反して、エミールと僕は内向的に悲しむ傾向があるのです。数多くの人々に向かって、自分の悲しみをオープンにする能力が僕にはないのです」

＊＊＊

去る五月に私たちジャーナリストがホスピス患者の最期を取材したいと申し出て、ベネディクテがそれに同意しようとしたときも、ピーターは同じような理由で眉をしかめた。ベネディクテはプロジェクトに参加して、ホスピスにおける自分のプライベートな体験を社会の人々と分かちあって生きたいと思ったのだ。

ピーター自身は、自分が病人であったならそのような気力はないと考えていたので、それを上司に相談した。上司は、ベネディクテが希望するならば、彼女のためにもピーターが同意することがよいのではないかとすすめてくれた。だから、ピーターはプロジェクトに合意したのだった。

「数多くのホスピスが建設されることを願ってベネディクテは〈ポリチケン新聞〉に寄稿しましたが、僕はそれを何度も読み返しましたよ。それでも僕は、金額も受取人も分からずに小切手にサインをするような気持ちでした。ただでさえ並々ならないエネルギーが必要な状況にあるのに、なぜそれ以上の重荷を背負わなければならないのだろうか？　もちろん、ベネディクテの希望を満たしてあげたいのは山々でしたが、それでも大きな重荷ではありました。あなたたちジャーナリストを身の周りに抱えていることは非常に苦痛だったけど、同時に助けでもあったんです。いつも話し相手がそばにいてくれましたからね。心理学者のカウンセリングを受けるときのように、僕はみなさんに向かって自分の心を言葉で表現しなければならなかったのです」

＊＊＊

ベネディクテが亡くなったあとの一時期、ピーターは周囲から多くの思いやりを受けていた。

ある日、玄関先にラップをかけたホイップクリームつきのリンゴのデザートが置いてあった。ベネディクテの母ゲアトルードが、ピーターとエミールを思ってそっと郵便受けの上に置いていったものだ。信頼する多くの人々が、自分と子どもたちのことを気にかけてるのを、ピーターは心からありがたく思っていた。

「人のつながりというものは素晴らしいと思います。僕が気づかないところで、周囲の人がいろいろ気を遣ってくれている。とくに、エミールのクラスメートの父兄の方々がエミールの周辺で安心感を与えてくれています。そんな意味で、僕たちは大変恵まれているのですが、でも、だからといって僕が愛していた人が亡くなったことに変わりはないのです」

時がすべてを癒してくれる、と人は言う。ピーターは、それが真実であることを祈っている。

「自分がある一つのプロセスのなかにいて、それが今後どう展開していくのか分からない、といった気分です。ときには喜びの瞬間もやって来ます。ウォーターパークでのひととき、エミールといっしょにハンバーガーを食べているとき、友達と戯れるエミールを近くで見ているとき……そんなときには、僕もすべてに努力のし甲斐があると感じますよ」と、ピーターはつぶやく。

生き甲斐とは、このようにちらりちらりと姿を見せるものなのだ。

「疲れることは危険ですね。疲れると、悲観的になってますます落ち込んでいく。九時半ごろから床に就きたいと思うこともありますよ。とくに夜、一人でいるのが怖い気もします。疲れが押し寄せてくるといろいろな思いも押し寄せてきて、空虚感が耐えられないほどの重みをもってくるのです」

寝室から、エミールの嗄れ声が聞こえてくる。

「お父さん、いつになったら寝るの？」

「あと三〇分」

時計は九時をさしていた。

＊　＊　＊

些細なことでも悲しみを思い出させるものだ――たとえば、スキー旅行の写真。あるいは、表札に書かれたベネディクテの名前。ある日、その表札を指差してエミールは父親を見上げて言った。

「あれ、どけなくてもいいんでしょ？」

ピーターは芝生を見わたし、獣のように空気の臭いをかぐ。

「チリ？」と、ピーターは呼んだ。

子犬はあっというまに成長して、生垣のすき間を抜けてときどき庭から脱走してしまうようになった。ピーターは、チリをつれて犬の教習に通いはじめた。ご褒美を用意しておくと、「歩け」、「お座り」などの命令に従うようになった。しかし、歯並びはするどくて、足は速くて、生垣の穴などはあっというまに走り抜けてしまう。

「チリ？」

ピーターは隣家の庭で子犬を見つけた。チリは、もちろんそこが禁断の場であることを知っている。ピーターが捕まえに行くと、まるでＮＡＳＡの宇宙プログラムが制御不能に陥ったときの衛星のように、手の届かないところまで

離れてピーターの周りをグルグルと走り回った。

子犬の表情はまるで笑っているかのようである。走り疲れて、長くたれた舌がもつれるようになって、ピーターはやっとチリを捕まえることができた。

ピーター自身も体力が落ちたと感じている。以前はマラソン走者だったのに、ベネディクテの死が彼のエネルギーを抜き取ってしまったようだ。毎朝欠かさず一〇キロの距離を走っていたが、彼女が死んでからはそんな力もなくなった。出勤して、買い物をして、夕食をつくって、エミールの宿題を見て……一年半前とそれほど変わったわけでもないのに、毎日の生活がとてもこなしきれないように思われた。ベネディクテがいなくなったとの思いが、すべてを変えてしまったのだ。

＊＊＊

「僕は元の舞台に戻ってはいるけれど、その代償は大きいです。何度も何度も壁につき当たるんです。朝五時に目が覚めて、頭のなかが真っ暗だと思う。しかし、六時までベッドのなかでもそもそするよりは起きてしまったほうがいい」

エミールは、いつも同じベッドで隣に眠っている。

「エミールの大いびきを聞くと心が休まりますよ」と、ピーターは笑う。

町のどこかで救急車のサイレンが鳴り響き、まるでアメリカの大都市のような感じだ。しかし、庭は平和そのものだ。ピーターの顔もほとんど闇に隠れている。

ベネディクテは死後の生命を信じていた。誕生以前の生命も信じていた。生命がもつそんな意味を、ピーターも探していかなければならない。

「ベネディクテの死は無意味なものでした。しかし、人生ってそんなもんでしょう。公平な寿命なんてないのでしょう。僕も、明日は車で出勤してもう戻ってこないかもしれない。大切なのは、生きているときを生きることでしょう。もちろん、人は生きつづけるし、希望に満ちた瞬間もある。僕は全力を尽くして、希望の光を見いだしていきます。空虚から抜け出さなくてはなりません。今は混沌としていますが、足場を見つけて人生のあらゆる可能性を探っていかなければ……。すべてを空に投げ出してしまうのも可能性の一つかもしれないけれど、僕はまだそこまで追い詰められていない。半年後、また訪ねてきて下さい」と、ピーターは穏やかに言った。

ピーターはテラスのテーブルから立ち上がった。早めに寝て、明日はまた仕事に出かける。ダブルベッドでピーターを待っていたエミールが静かになっている。もう、寝ついたようだ。

第 10 章

思いやりのとき

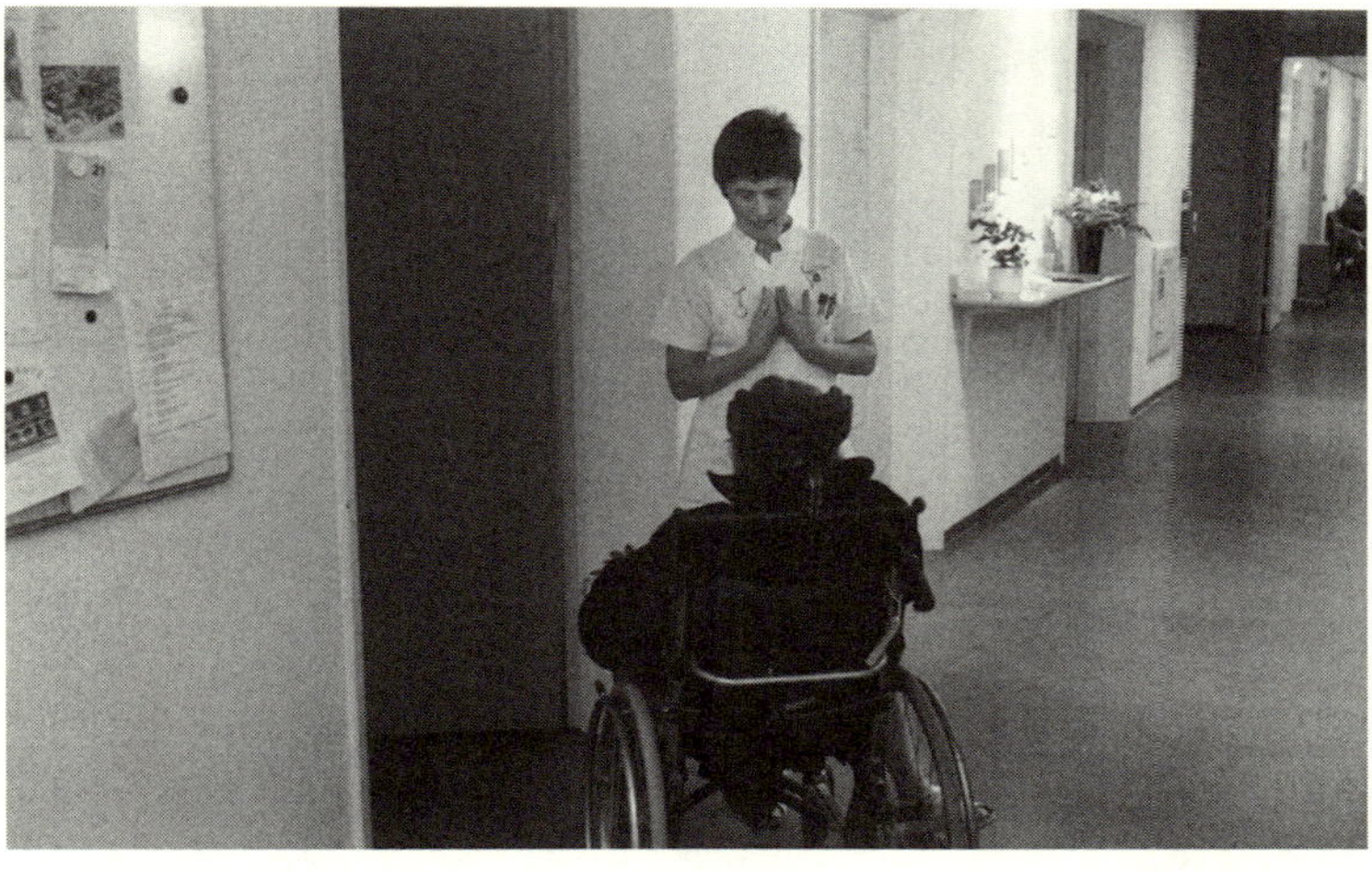

リタは、せわしく動き回るタイプの看護師ではない。もちろん、てきぱきと行動することはできる。しかし、聖ルカ・ホスピスの看護師のほとんど全員がそうであるように、彼女の姿は安らぎに満ち、その穏やかさが周囲にも広がっていく。人に話しかけるとき、彼女の口元にはいつもほほえみが浮かんでいる。

リタ・ニルセンは五四歳で、すでに聖ルカ・ホスピスに七年近く勤めている。それまでの一三年間、彼女は夫とともにルーグムクロスター（Løgumkloster）フォルケホイスコーレに校長夫妻として勤めていた。実は、彼女は看護師に必要な参考書などをすべて手放し、もう二度と病院には籍を置かないと決めていたのだったが、ヘレルップ（Hellerup）のホスピスは別だった。

オーフス（Århus）のラジウム・ステーション（放射線

治療室）に勤務したこともあって癌患者の世話には慣れていたし、フォルケホイスコーレでコミュニケーション学、心理学、倫理学、カウンセリングなどを教えた経験もある。聖ルカ・ホスピスでの仕事は、今まで学んだ理論を実践するというチャンスを与えられたようなものだった。

リタ・ニルセンは、現場に戻ったことをまったく後悔していなかった。

「患者さん一人ひとりや、その家族の方々と対面することは強烈な体験でした。私は教室でクラス全員を教えることには慣れていましたが、ここでは一人の人と向き合って話をするのです。その、シンプルながら深い触れ合いに感動しました」と、彼女は語る。

もちろん、ホスピスは娯楽施設などではないが、どこかさわやかな雰囲気が漂っている。表面的で、ひどく軽率と言うのではなく、深みと荘重さに裏付けられた清々《すがすが》しさである。

「ここは、苦しみや死につきまとわれた場所です。しかし、それを否定せず、しっかりと見つめながら、その反対のものを手に入れることもできるのです。つまり、ユーモア、軽やかさ、喜びです。ブラックユーモアのように人の間に距離をもつようなものではなく、温かみのあるユーモアです。秘訣は、そこには愛が十分あるということでしょう」と、リタは言う。

彼女は、聖ルカ・ホスピスにおける自分の体験をもとにした本を書いている。題名は『死の影の谷（I dødsskyggens dal）』という。死は私たち人間の敵であり、死の谷においては暗黒と孤独が統治する状態になっていることを綴ったものである。

リタ・ニルセンは、患者に付き添って死の谷に向かう道のりをいっしょに歩き、その途上で思いやりと心の慰めを提供する。死に直面している患者に対して、彼女は同僚たちとともにプロの技術と人間性を提供するのだ。

「プロの技術を使って、痛み止めを投与したり身体上の介護を施したりします。苦痛が抑えられないと、せっかく身近に人がいてくれても親密な触れ合いを受け止めることができません。たとえば、お湯で体を洗うときもやさしく静かに行います。簡単に聞こえるかもしれませんが、相手を尊重しながら行わなければならないのです」と、彼女は言う。

そして、次のようにも言った。

「患者さんの手を握ってあげるほうが大切なのではないか、と思われるかもしれません。しかし、患者さんにとっては、体を清潔に保つことや肉体の安楽も非常に大切なのです。患者さんの希望に優先順位をつけるならば、まず肉体の安楽、そして次に親密な触れ合いが挙げられます。人はそれぞれまったく違った希望をもち、性格もいろいろなので、私たち介護のスタッフは自分本位にならないよう、患者さんのおられる出発点に立って対応しなければなりません。そうでなければ、その方を尊重したことにはならないのです。精神的な暴力を犯してはいけません。親密さを好まない患者さんも一部にはおられますが、人間性は誰もが求めます」

親密になるための条件は、一種の距離を保つことにある。

「私は私であり、あなたはあなたであると、はっきりと認識することが必要です。親密さは相互の尊重を必要とします。私たちは患者さんに積極的に接近しますが、絶対に患者さんが望まれる以上には近づきません。患者さんが自分のドアを開けてくれるなら、私たちも入っていく用意があるとでも言いましょうか」

初めて死に直面したとき、彼女はまだ七歳だった。寝室の大きなベッドで祖父が死を迎えようとしていた。次に会ったときには祖父はすでに棺に寝かされており、父親やそのほかの家族が祖父の死を嘆き悲しむのを見た。その場にいっしょにいることを通して、幼い少女は人のつながりや家族の絆というものを感じ取ったのだ。

「子どものころに、そのように仲間に入れてもらえたことは非常によい体験でした。だから、このホスピスにおいても、子どもたちにも最期の場面に立ち会うように家族の方々にすすめています。子どもの想像力は、現実を超えるものであることが多いのです。自分の母親や祖母が亡くなったことを自分の目で見て、体で感じておかないととんでもない想像をするようになり、本当はまだどこかで生きていると信じるようになったりもするのです。そして、自分だけがのけ者にされている、と思うこともあります」と、リタはつづけた。

リタ・ニルセンは、精力的に講演活動を行っている。そのような場で、子どものころに死から遠ざけられたことを悔やんでいる人々と出会うことが多い。

「将来、死に直面したとき、そんな体験が意味をもってくるのですね。子どもたちは、自分が抱えられる以上の体験を自分の内部に取り入れることはしません。ところが大人は、悲しみから自由に出入りする代わりに自分がこなせる以上のものを取り入れてしまって、その結果倒れてしまうことがあります。子どもは死を恐れると考えている人もいますが、それは周囲の大人がそのように反応するからなのです」

リタ・ニルセンは、ある家族の例をとって話をつづけた。

「壮年の父親が亡くなったとき、遺族は臨終の場に集まり、高価なシャンペンと家宝のシャンペングラスを取り出して生前父親が与えてくれたものに感謝の気持ちを表した。つまり、その家族は、与えられた喜びと残された悲しみを両立させることができたのです。悲しみの最中にも、その人が残してくれたものに感謝することはよいことです。いつも私たちは、遺族の方々にそのご家族なりの儀式をもたれることを奨励しています。歌とかそんな形で。混乱の渦に陥りがちな現状のなかで、儀式はある程度人の気持ちを整理するのに役立ちます。また、儀式をともに行うことによって、遺族がいっしょに『さよなら』を言うことにもなりますね。一人の命が終わったことを確認しあうのです。

ホスピスの入院患者の余命はごく短いものです。ですからスタッフは、患者さんに三つのことを念頭に置いて下さるように働きかけていきます。その三つというのは、こういうことです。あなたが近い将来亡くなることをあなた自身は知っています。しかし、あなたはまだ生きています。それでは、あなたは残された時間を何に使いたいですか？ここでは、家庭的であることと美しいこと、そして余生のクオリティーが確保されることに努力が払われています。環境、周囲の音、香りなどや美しさも感じられるように努めています。

生命に焦点を当てる、つまり人は死ぬまでは生きているのです。患者さんたちは余命がかぎられているし、体調のよい時間となればもっとかぎられたものとなります。たとえば、一日に一〇分とか、そんなかぎられた時間ですから、本人の願いを優先させることが大切です。外の空気に触れたいですか？　お葬式の準備をしたいですか？　それとも、まったく別のことをしたいですか？　と」

ある日、ベネディクテ・ブローゴーは近所のイソ・スーパーマーケット(1)へ行きたいと

（1）（ISO supermarked）すでに他社に買収されているが、比較的レベルの高いとされていたスーパー。

言いだし、夫のピーターが付き添った。スーパーから戻ってきたとき、ベネディクテはとても嬉しそうに買った週刊誌を見せた。

「ほら、私、週刊誌を買ったのよ」

死を待ち受けていたベネディクテも、その瞬間、ごく普通に生活する当たり前の人に戻ることができたのだ。

「ほとんどの方々は、生涯を通じてそれぞれに義務づけられたことをこなしてこられました。ここでは、したいことをして下さるように促します。もちろん、ご自身が大切だと思われることもしていただきますが……」と、リタは説明する。

患者にとって、三つの言葉を表現することが非常に大切である。別れ、感謝、そして寛容。「さようなら」を口にするところで患者の生命に終止符が打たれる。生きつづける家族に対して、感謝の念を残すことも重要である。同様に自分を許し、周りの人を許し、自分も許しを受けることが大切である。

「たとえあまり満足できない生涯であったとしても、自分の生涯と和解するのです。カーレン・ブリクセン(2)の言葉を借りるなら、自分の言葉で語るということは壊れてしまっ

（2）（Karen Blixen）1885～1962。20世紀のデンマークを代表する小説家。現在の50クローネ紙幣には、彼女の肖像画が描かれている。

たものを元の形に戻すということなのです。自分の生涯を言葉にして語ることはよいことです。語っていくうちに、新しい光のなかに自分の生涯が再び見えてくるのです」と、リタ・ニルセンは言った。

ある日、彼女は、死ぬことを非常に心残りに思っている男性と話をしていた。彼は、自分が足跡を残さずに逝ってしまうことをとくに悔やんでいるようだった。リタがその男性に自分の一生を話してくれるように頼んだところ、あるとき、彼は自分の娘のことに触れた。

「それでは、あなたはやはり足跡を残したではないですか？」とリタが言うと、彼は涙を流しながら「そうですね」と答えたのだ。

「死を迎えようとしている方々が、それぞれ自分の生涯の出来事を語って下さいます。そうするうちに、ときには、一五年、二〇年と会っていなかった息子さんと和解されることもあるのです」

死を目前に控えた患者にとって、いつ、どのように、家族やこの世と最期の別れをも

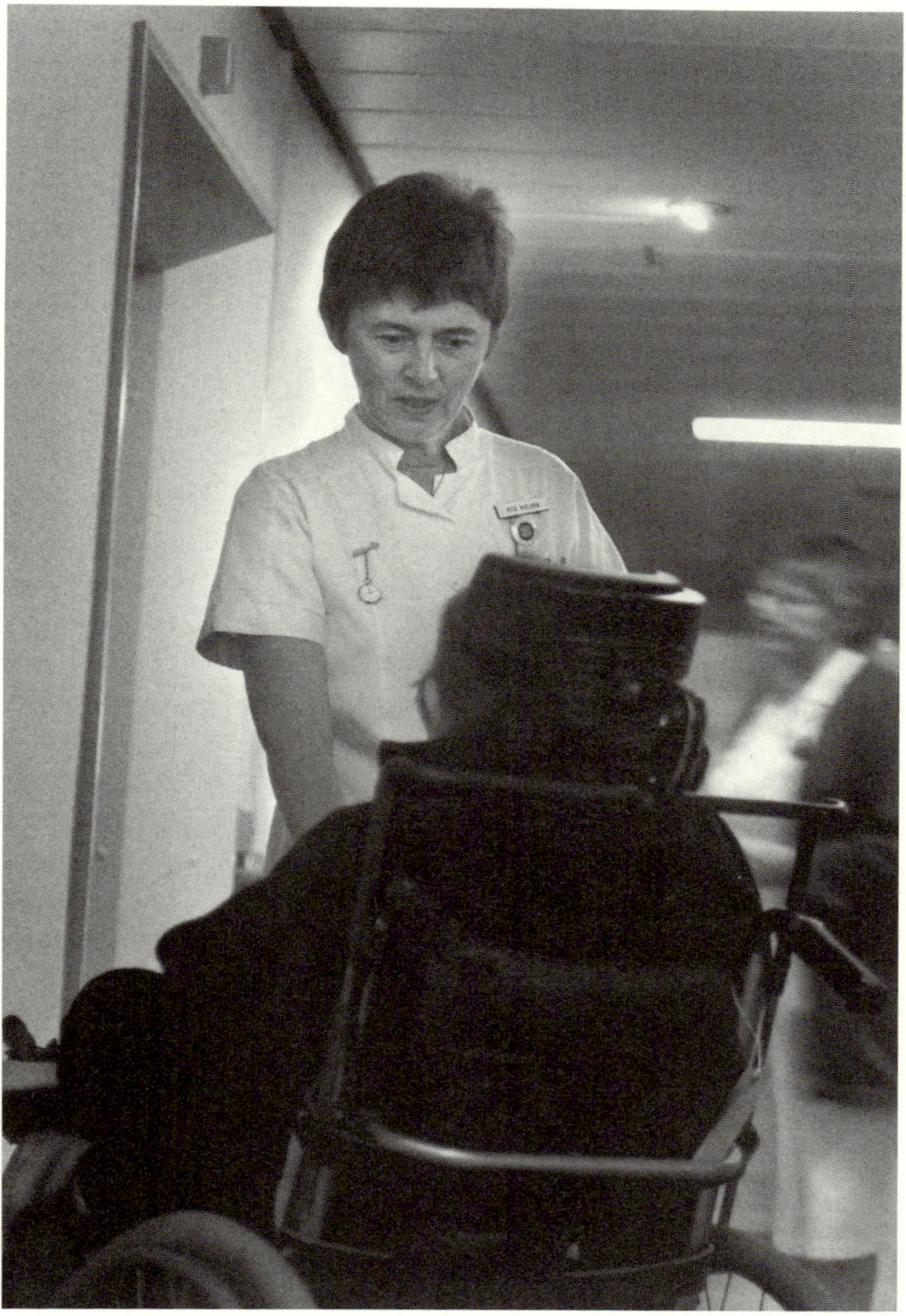

つかを判断することは難しいだろう。予想に反して長い間死がやって来ない場合、生きていることが非常に心理的な重荷になることも考えられる。

「まるで駅のプラットホームに立っているような経験です」と、リタは語る。

愛する人々と別れの言葉を交わした直後、スピーカーからアナウンスが聞こえる。

「列車は遅れております。どの程度遅れるのか、今の状況では分かりません」

リタはあるとき、その遅れを非常に苦にした患者と向き合うという体験をした。そこで列車の遅れの話をして、「でも、カフェテリアは営業しています」と付け加えた。「幸い、その患者さんはその意味を分かってくれて、『それでは子どもたちとカフェテリアで待ちましょう』と言ってくれたのです。つまり、プラットホームに立って死を待つ代わりに、その患者さんは待ち時間を生きる時間に変えたのですね。心を整理して死ぬ準備ができているとき、患者さんにとってはその待ち時間が非常に苦痛であることがあります。何のために生きつづけなければならないのか、もうどうでもいいのではないか、と患者さんは尋ねます。そのような場合、生きる義務があるということ、それが人生の課題であることを理解しなければならないのだと答えざるを得ません。もちろん、そんなきつい言葉は使いません。感情移入を試みます。あるときは、患者さんのもつ無意味な感情を強調します。そうするとご当人が開き直って、『私には、まだ子どももあるんですよね』と言い出すことがあります」

死への自覚が生への自覚に導かれることもある。リタ・ニルセンは、死に直面している患者が私たちに生きることを教えてくれると言う。状況に押されて死に直面している患者は、本質的なものとそうでないことの見分けをつけ、瞬間をとらえることを学ぶのだ。

「ああでもない、こうでもないと迷っている時間はなく、残りの生命を徹底的に生きるよりしかたないのです。死に直面している患者さんは徐々に活動の可能性を失っていきますが、それと同時に別の価値を発見していきます。つまり、体験と享受でしょう」と、リタ・ニルセンは言葉をつづけた。

ある日、スタッフの一人が入院患者全員のために、春の訪れを告げる節分草の小さな花束を庭から摘んできた。

「ほんの小さな思いやりだったのに、あれほどの涙、あれほどの喜びをもたらしたことはこれまでにありません。死に直面している患者さんは、このように小さなことにも価値を見いだすことを教えてくれました。あるとき、自転車で家に帰る途中、向かい風が強くてイライラさせられたことがありました。そのとき、私はふとある患者さんが、『頬に吹く風は命そのものである』と言ったことを思い出しました」

ホスピスの毎日で、患者の家族が占める役割は大きい。家族は死に直面している患者にとって大きな力の源を意味するのだ。スタッフはできるかぎり家族を支援し、それを通じて家族が患者を支援する。

「ご家族がもつ親身な愛情が、患者さんに奇跡をもたらしてくれるのです」と、リタ・ニルセンは語る。

しかし、家族がかかわるように仕向けることは必ずしも簡単なことではない。家族の感情的な反応は強力であり、多種多様でもある。家族のなかには、死に直面している患者がいることによって、家族の別の者が自分よりも深い思いやりを受けていると感じて嫉妬心を燃やす人もいる。

「私たちは、必ず患者さんに、誰にそばにいて欲しいかと尋ねます。その結果、ほとんど姿を現すことができない人も出てきます。そうなると複雑ですね。ことに現代のように、離婚だの再婚で家族となった子どもたちをはじめとして、複雑な家族関係がゆえに問題が起こりやすいのです。それが嫉妬の原因となることもあれば、矛先が私たちスタッフに向けられることもあります。家族全員に公平に配慮するということは大変な仕事です。ときには、死に直面している患者さんが顔を見たくもないと思う家族もいますからね」

患者が死を迎えようとしている間、家族のなかでも頻繁に役割の変化が起きる。リタ・ニルセンによれば、潜在していた争いなどが表面化してくることも多いらしい。通常、強いと思われていた人が急に病人や弱者の役をすることもある。

近親者は死に直面している患者を助けて支えたいと希望するのだが、何かをするのではなく、そこに「いる」ことに意味があるのだということを学ばなければならない。

「死に直面している患者さんのそばに、ただ『いる』のは難しいことなのでしょう。何かをしてあげたいと心から思うのでしょうね。患者さんの意識が朦朧《もうろう》としていたり眠っているときに、ただそこに座って何もできずにいるのです。でも、大切なのは患者さんの身の周りの世界をつくることなのです。患者が目を閉じていても話しかけることはできるし、歌ったり、昔の話をすることもできますよね」

死に直面している患者のなかには、自分の生涯を後悔する人もいる。怒りや悲しみが苦い後悔となって、暗い一点に集まってくる。死ななければならないことに対して怒りを感じ、悲しみを覚えるのだ。

「そのような方は、自分が夢に描いていた一生ではなかったのでしょう。そういう方の身近にいようとすることは、看護師としても家族としても難しいものです。孤立して、他人を締めだすような人の場合は大変困難となります。でも、私にも理解できますね。それは、耐え切れないような現実から自分を守ろうとする防御の姿勢なのです」と、リタ・ニルセンは言う。

彼女は、そのような患者がその時点に立っている場所で彼らと向き合い、そこから徐々に信頼を築いていくのだ。

「壁全体を取り除くのではなく、その壁からレンガを一個ゆるませて引き抜き、その穴からわずかでも触れ合えれば大多数の方が心を開いてくれます。それが無理ならば、できるかぎりの身体的な介護をして差し上げます。愛情や思いやりはたくさんのドアを開いてくれるものです。もちろん、ドアが開かれない場合もありますが、それはそれとして受け入れなければなりません」

死が近づくにつれて恐怖に襲われる患者も多い。その症状は、ただ落ち着きがなくなることもあれば、恐怖でパニックになることもあり、ままならない自分の身体のなかに閉じこめられることに耐えられなくなる患者もいる。

「恐怖の原因が分かれば、それだけで大きな成果です。多くの場合、その恐怖は死後にやって来るであろう未知なるものに対してです」

恐怖に対処する方法として、彼女は次の三つを挙げている。

❶他人がもつ恐怖を根本的に取り去ることはできない。
❷言葉で表現することによって恐怖は軽減される。定義不可能な恐怖が、手でつかめる、触れて分かる恐怖に変わる。
❸恐怖は人に伝染する。恐れおののいている患者と同じ部屋にとどまって、患者に落ち着きをもたらすことが看護師の技術である。

「ホスピスでは、頻繁に恐怖に出合います。手を握ったり、抱きしめてあげるなどしてそばにいることを示すと、恐怖を緩和することができます。場合によっては、恐怖感が襲ってきた部屋から患者を別の場所に移してあげることも効果的です。しかし、恐怖を軽減するために、最終的に投薬が必要になることもあります」

恐怖は、生への勇気につながることもあれば、絶望に陥らせることもある。
人は、死に直面するとき、誰もが必ず嘆き、疑問をもつ。なぜ、私が苦しまなければならないのか？　この苦しみは何のためなのか？　看護師や心理カウンセラーの立場から患者のこのような疑問を受け止めて、反映させることは比較的容易だ、とリタ・ニルセンは感じている。

「難問のようですが、同時に単純なことでもあるのです。私は患者さんの言葉を注意深く聞き、その患者さんの立場からその言葉の意味はどこにあるのかをいろいろ質問していきます。ほとんどの方々が、すでにその答えを自分の内部にもっておられます。外部から少しの助けがあれば、それを自分で発見されるのです。

その方の人生の意味とその方のもつ価値感は深く関連していると思います。たとえば、患者さんに『あなたにとって一番大切なことは何ですか』と尋ねたとします。一番大きな価値をもつものは何ですか、と。そこで、それは『子どもたちである』と答えられたとします。その場合、その患者さんにとっての人生の意味は、愛し、愛されることを許されたということです。しかし、患者さんは自分でその結論に至らなければなりません。ときには何の意味も見いだせない方もいますが、それはそれでそのままにするよりしかたがないでしょう。自分が死ななければならないなんて不公平だという患者さんに対して、もしそれが正しいなら事態はもっと深刻でしょう、と答えることだってあるのです」

現実的、精神的な対話のなかで、リタ・ニルセンは先を急ぐことをしない。しばらくの間、あいまいな意味のまま対話を漂わせることもある。

「無意味さと無力さの状態に同時に陥ったとしても、それはかまわないのです。それによって患者さんが前進されることもあるのですから。往々にして、諦めを認識したときに思いがけなく前に進めることがあります。心のなかに、そんな瞬間にエネルギーが戻ってくるのです。宗教的な表現をするならば、そのような無力な状態においてこそ神の力が十分に啓示されるのです。神を信じていない方の場合でも似たようなことが起こります。無力の闇のなかで自分が孤独でないと気づいたときに、ふっと前に進む力が湧いてくるのです。今の自分と体験を分かち合う人がそばにいるのですから」

リタ・ニルセン自身は、神を信じ、キリスト教の信仰に心のよりどころを見いだしている。患者のなかには神に生の意義を見いだす場合もあり、祈りをともにすることを乞われればリタ・ニルセンはその患者といっしょに祈りを捧げる。しかし、彼女は自分の言葉が説教の形をとらないよう常に注意し、その患者が自らの信仰のなかから自分が存在する答えを見いだすように努めている。

「自分自身の信仰に慰めを見いだされる方もあります。その信仰は宗教かもしれないし、無神論的なものであるかもしれません。はっきりとした考えをもっておられる方は、通常、その考えを保ちます。逆に心に迷いのある方は、死が近づくとより求道的、より宗教的になられますね」

無神論者でありながら、最期が近づいたときに壁に十字架像をかけた患者のことをリタ・ニルセンは語った。

「立派な無神論者のあなたがなぜ？」と冗談半分に彼女が尋ねたところ、「もしもの場合のためにね」という短い答えが返ってきたらしい。

死の果てに何があるのかを、患者と話し合うこともしばしばある。しかし、そのような会話をもつためには、お互いの間に信頼と親密さがあるということが前提とされる。

「でも、それを語ってくれない患者さんに出会ったことはありません。逆に、それに触れることを喜んで下さいます。死後の世界のことを考えたり語ったりすることは、よく秘密の世界のように考えられがちです。ほとんどの方が、死後の命に関して、美しく、またポジティブな想像をされています。光に満ちて、愛があり、再会があり、天使がいるなどです。もっと具体的な想像をされる方もあります。たとえば、オーケストラで自分が第一バイオリンを弾いている姿を想像する女性がおられました。死んだあとは何もなくなると言われる方は、本当に少ないのです」

死後の世界について会話を交わしたあとは、一日中庭仕事をした以上に疲労を感じるとリタ・ニルセンは言う。そのような話題に入っていくためには、一〇〇パーセントの集中力が要求されるのである。

「深く心を触れ合わせて対話をしたあとは、そこから抜けだすのにも大変な力を使わなければならないのです。何といっても、自分自身のことではないのですから。そして、そのあとにも、次の患者さんあるいは家族が待っている。ホスピスの看護師であるためには、自分のことも大切にしなければならないのです」

第 11 章

デンマークのホスピス

ホスピスは、「死」よりもむしろ「生」のための場所である。ベネディクテ・ブローゴーの場合がそうであったように、患者は死を迎える場所としてホスピスを希望するが、実際には、死が訪れるまでの時間を生きるためにホスピスは存在し、そのために彼らはここへやって来るのである。

ホスピスの医師たちが患者の病を治すことはできないとしても、不幸に見舞われた患者たちのためにすべきこと、そしてできることは数多く残されている。

イギリスの聖クリストファー・ホスピス（St.Christfer Hospice）は一九六七年に世界に先駆けて造られた施設であるが、その設立者のシシリー・ソンダース[1]は次のように言っている。

「これ以上効果のある治療法がないからといって、『もう、できることはありません』などと言えるだろうか。本当になすべきことが何もないというケースは稀であり、実際にはそんなことはまずあり得ない」

ホスピスという言葉は、中世では「宿」の意味で使われていた。当時、ホスピスは巡

（1）（Cicely Saunders）1918～2005。緩和ケアを基本とした現代ホスピスの基礎をつくり、世界的な拡がりの先駆けとなった。「現代ホスピスの母」と言われている。

礼者や旅人の憩いの場所であった。扉は常に開かれており、明日の旅をつづける前に必要な援助を得ることができた。

「今日、ホスピスという言葉は多くの場合独立した『施設』を意味していますが、同時に、人生を終えるときの核となる価値感に関する『介護の哲学』をも意味します。専門家による介護の手が、患者だけでなくその近親者にも差し伸べられ、患者の苦しみを和らげることをもっとも重視し、介護のチームワークのなかに家族とそのほかのネットワークが活用されるのです。患者の死後においても、当然のことながら遺族への支援も行います」と、聖ルカ・ホスピスの前施設長であるリスベット・ドゥーエ・マッセン(Lisbet Due Madsen) は著書『癌患者の治療と介護 (Behandling og pleje af patienter med kræftsygdom)』に書いている。緩和ケアは一九六〇年代にイギリスでホスピス運動がはじまった当時から提唱され、今日も同様の原則に基づいている。

緩和ケアは臨床介護の方法の一つであり、生命を脅かす疾病とそれにかかわる問題に直面している患者と近親者の生活の質の向上を目的としている。早期診断によって、痛みと肉体的、心理的、精神的な問題を速やかに分析し、苦しみを予防して軽減するための手段を講じるのが緩和ケアなのである。

二〇〇三年一〇月発行のパンフレットのなかで、癌対策協会、デンマークホスピスフォーラム、緩和療法協会は、デンマークにおける緩和治療の実情を報告している。そのパンフレットには、WHO（世界保健機関）による緩和療法の定義（二〇〇二年一〇月）も掲載されている。

すなわち緩和ケアは

- 痛みやその他の苦しみをもたらす症状の緩和に努める。
- 生を肯定し、死を生命の自然なプロセスの一環としてとらえる。
- 死亡時期を早めることも遅らせることもしない。
- 介護において心理面、精神面を両立させる。
- 死に至るまでの間、患者ができるだけ生き生きと生涯を送ることができるように支援する。
- 患者の生存中、そして死後の悲しみの時期に家族を支援する。

・緩和ケアは、治療の早期から、生命維持のための化学療法、放射線療法などの各種治療と平行して導入することができる。苦しみを伴う臨床的に複雑な状況をより良く理解するために、必要な各種検査を含んでいる。

ヘレルップにある聖ルカ・ホスピスは、一九九二年にデンマークのホスピス第一号として設立された。本書執筆時においてデンマークには、五か所のホスピスと、ビスペビヤ（Bispehjerg）病院内の緩和ケアユニットが存在している。二〇〇四年末には、フューン島にデンマーク初の新設ホスピスが完成する予定である(2)。

二〇〇三年九月、保健大臣のラース・ロッケ・ラスムセン(3)（自由党）がこのフューン島のホスピスの起工式で最初のシャベルを振るったが、このホスピスの実現の陰には、四年半にもわたるオーデンセホスピス後援会（Odense Hospice Støtteforening）のメンバーによる熱心な努力があった。

民間財団である「ホスピスフューン（Hospice Fyn）」が新ホスピスを後援し、その会長はオーデンセ市の保守党議員で、オーデンセ交響楽団の主任指揮者のボーウェ・ワウ

（2）　2004年度に予定通り開設され、機能している（ベッド数12床）。
（3）　（Lars Løkke Rasmussen）1964～。2009年４月５日より首相。

ナー（Børge Wagner）であった。彼は次のように言っている。

「ホスピスの設立は重要だ。病気が悪化し、回復の希望がもてないと医者が判断したとき、一部の患者は家族の介護を受けるために退院することもある。しかし、身近に在宅介護の可能性をもたない場合は入院したまま死を待たなければならない。それは惨めな状態である、と私には思われる。ホスピスは患者に対しても近親者に対しても、残された時間をできるだけ尊厳あるものにしてくれる」

内務・保健大臣は計画されているフューン島のホスピスに対して、ホスピス新設に割り当てられた予算二〇〇〇万クローネのうち六〇〇〇万クローネ(4)を交付した。このホスピスは一二の個室からなり、それぞれに小さい庭とテラスがついている。

県議会連盟、保健省および自治体連盟共著の報告書（二〇〇一年）は、患者が自宅、病院、ホスピス、その他のいずれかの施設で生を終えることを希望するとき、患者に対して実質的な選択の可能性が提供されなければならないと強調している。すなわち、この報告書は、緩和治療の四つの基石の一つとしてホスピス機能を考えているのだ。その

（4） 約１億円。１クローネ＝約16.7円（2009年２月現在）

機能は、病院内または介護施設の特別部門として、あるいは独立した建造物としても設置できる。

同報告書の提案によると、将来は県の主導のもとに民間が率先して、一つの県または複数の県が協力してホスピスの建設を行うべきだとしている。全国に約二五〇床の緩和ホスピス収容能力が必要だと見積もられているが、現在はその五分の一しか存在しない。聖ルカ・ホスピスにおいては、二〇〇二年度に入院を希望した患者七八〇人のうち、収容できたのは一二一人だった。

年間一万六〇〇〇人ほどのデンマーク人が癌で死亡するが、これらの患者は進行性の不治の病に侵されており、その大多数が緩和治療を受けつつ自宅で生涯を終えることを希望している。一九九三年の調査報告を見ると、癌患者の六二パーセントが病院で、二四パーセントが自宅で、一二パーセントは施設、残りの二パーセントはその他の場所で死亡した。現実は、往々にして望んだ通りにはならない。

日刊新聞〈モーンアヴィセン・ユランスポステン（Morgenavisen Jyllands-Posten）〉はＰＬＳランブル（PLS Rambøll）社の協力で二〇〇三年八月に世論調査を行って、デンマーク人一〇〇〇人に対して「どこで死亡することを希望するか」と質問した。五〇パーセントは「できるなら自宅で」と答え、二二パーセントは「ホスピス」、一パーセントが「介護施設」、「その他」は一パーセントであった。そして、二三パーセントもの人が「分からない」と答えている。同時に、三人に二人は「デンマークにホスピスの数が不足している」と答えている。癌対策協会は、末期の患者のための施設が数多く建設されることを強く要望している。

「各県にホスピス施設が備えられるべきだ。患者の周囲に安らかで尊厳のある場を確保できるのであれば、その機能が病院内の一部として設けられることも考えられる」と、専務理事のアーネ・ローリヒズ（Arne Rolighed）は語っている。また彼は、デンマーク国内のホスピスの需要は五年以内にカバーできるだろうと見ている。

「人々は、患者自身のネットワークが存在する近隣社会にホスピスの機能が設けられることを望んでいるし、そのような機能の実現に対する政治的な関心も強くなっていると私は感じている。巨額の資金は必要ない。往々にしてホスピスでの滞在費用は、病院に入院するのと同じだからだ」

癌対策協会は、ホスピスの内外で末期の患者を支援するボランティアグループをデンマーク全土にわたって立ち上げる用意がある、とアーネ・ローリヒズは言明さえした。「ベネディクテ・ブローゴーの物語は、ホスピスの果たす役割がいかに重要であり、いかにプロフェッショナルなものであるかを明らかにした。そして、同時に死という出来事が、近親者のプライベートな出来事として守られるべきだということを示した」

現在、国内の数か所、たとえば南ユラン（Sønderjylland）、リーベ（Ribe）、ストアストロム（Storstrøm）などの県で新ホスピスの企画が進められていることが、二〇〇三年度の県議連盟の状況報告に記載されている。同時に、数県において緩和治療チームが編成あるいは計画されている。

前述の通り、デンマークではホスピス建設資金として二〇〇〇万クローネの予算が計上されているが、その資金受給の条件として、県は長期にわたる運営資金の確保を保証できなければならない。しかし、各県が経済的な困難に直面している時期に、長期にわたる運営資金保証契約を取り付けることは容易なことではない。

県連盟保健委員会の会長でヴィボー（Viborg）県知事でもあるベント・ハンセン（社民党）(5)は次のように言っている。

「死を迎えようとしている市民に提供している援助は、県によって内容が一定していない。ヴィボーにおいては病院内で末期の患者を実際に受け入れており、痛みが激しい場合など、真夜中でも入院できるオープンなシステムも存在する。ただし、それはホスピスとは違う。末期の患者に対しては、それなりの資格をもったスタッフによる介護が提供されなければならない。しかし、直径二〇〇キロの広さのあるヴィボー県において、たとえホスピスを一か所建設したとしても需要がカバーされるとは思えない。患者の身近にあるネットワークなどを考えた場合、ホスピス以外の一連の解決方法も存在するのではないだろうか。時期が来れば中央・西ユランにホスピスが建設されるであろうが、その場合も、現存の県の境界線を保持することは不可能であろう」

ホスピスフォーラム・デンマーク（Hospice Forum Denmark）は二〇〇一年に発足した全国組織で、各県にあるホスピス設立を求める団体を統括している。団体のなかに

（5）（Bent Hansen）1984〜。

は、設立こそされたが資金のないまま有志の力によって存続しているホスピスもある。

ホスピスフォーラムの会長は、スラーエルセ（Slagelse）市を拠点とする民間企業の顧問であるオーレ・バング（Ole Bang）氏である。バング夫人は看護師であり、不治の病を負った患者や末期患者と接していたことから、バング氏自身もこの団体に関与するようになった。二人は西シェラン県内にホスピスを建設することを誓い、努力をつづけているが、現在のところその努力は実を結んでいない。

「政治家の関心を引くことは大変困難です。努力を重ねるにつれて、全国各地でホスピス建設を目的に六年も七年も苦労してきた団体と出合いました。当時、そのような八団体が集まってホスピスフォーラム・ダンマークを発足させたのです。西シェラン県にも、いつの日かホスピスが実現します。私も妻も、幸運なことに両親が健在です。つまり、これは個人的なモチベーションです。何度かゴールイン直前まで行ったのですが……。山あり谷ありですが、いつかは成功すると信じています。ホスピスの成功は運命づけられているのですよ」と、オーレ・バング氏は語る。

ホスピスの実情

ホスピスへの入院費は無料である。また、どのホスピスに入院するかは患者が自由に選択できることが二〇〇〇年七月一日に法的に保証された。しかし、その選択の自由は巻末（二一二ページ）のリストにも記されている通り、全国のホスピスのうち三か所にしか適用されない。

ホスピス入院のための必要条件は下記の通り。

- 患者自身が、ホスピス入院を希望していること。
- 完治不可能で、しかも進行性の疾病を病んでおり、余命が短いとされること。
- 回復のための治療は終了していること。
- 患者自身が、回復を目的としない、症状緩和のみを目的とする治療であることを理解していること。

ホスピスへ入院を希望する患者は、自らホスピスに電話または書面で連絡をとるか、親族が申し込みを行う。また、患者が希望すれば、ホームドクター、在宅看護師、あるいは病院がまずホスピスに連絡を入れることも可能だが、いずれにしてもホームドクターあるいは病院の担当医がホスピスへの入院をすすめるのが通常である。ただし、聖ルカ・ホスピスにかぎっては医師の推薦は必要とされていない。

その後、ホスピスのスタッフが患者を訪問し、入院の際提供できるサービス内容、または患者の側からの要望などを話し合う。そこで患者が同意すれば、ホスピス側から直接ホームドクターに連絡を入れ、患者に関するデータを要求することもできる。これは審査のための家庭訪問であって、その結果から、患者がホスピスへの入院に適しているか否かの判断がなされる。

訳者あとがき

「今夜は星空がすばらしいから見に行きましょう！」と、重いベッドを押して看護師がベネディクテをベランダに連れていってくれたことがあるらしい。このような思いやりが聖ルカ・ホスピスの患者に対する配慮であると、故人の母であるゲアトルードさんが私に言ったことがある。

ベネディクテさんが言った通り、「死は生の重要な部分」であり、死を直前に控えた患者が最期まで人間としての尊厳を失わずに生きつづけられるように思いやりを尽くすところ、そこがホスピスなのだ。

本書が日本で邦訳出版されることになったと報告をしたとき、ベネディクテさんの両親は心から喜んでくれた。そして、その場にはちょうど故人の夫であるピーターも同席していた。福祉先進国のデンマークですら、本書を出版する目的はホスピスの考え方を広く世に訴えることであった。それが、地球の反対側でも実現するという報告を聞いたゲアトルードさんは、すぐさま私に次のようなコメントを寄せてくれた。
「もちろん、ベネディクテが聖ルカ・ホスピスに入るまでには大変悲しい背景がありました。彼女がここで過ごした期間は、彼女にとっても私たち家族全員にとっても、あらゆる意味で大変よい期間でした。そこでは、死が間近に迫っている患者の状況を基本としてすべての看護が行われていましたので、ベネディクテも最期まで満足して過ごすことができました。実際、彼女は、ホスピスに入院したその日から目に見えて生気を取り戻したのです。そこには、言い尽くしがたいほどの思いやりがあり、痛みに対する治療の施し方もすばらしかったのです」

死がタブーであった時代は、それほど昔のことではない。ところが現在では、避けられない現実に対して目隠しをするのではなく、不治の病に冒されたときであっても死に至るまでの日々を単に待って過ごすのではなく、患者自身とその家族がそのことを認識したうえで生きていこうという理解が広まりつつある。そのためには、緩和治療を提供しつつ残りわずかな「生」を支えてくれるという環境が必要である。それが、病院から独立したホスピスの存在が望まれている理由である。

本書において表されたベネディクテさんの物語は、静かな心で余生を過ごすことができた女性とその家族の物語であると同時にホスピスの役割を見事に果たした例と言える。

よく知られているように、現在、デンマークの保健医療サービスは基本的に国家の税収入によって保障されている。しかし、一九九二年にはじまったデンマークのホスピスの当初は、教会関係の財団による民間によって運営されていたこともあって、入院患者はその費用を負担できる人にかぎられていた。

それが、二〇〇一年からホスピスへの入院も自己負担なしが基本となった。また、一般病院の場合と同様に、各地方の人口数にあったホスピスの目標ベット数が提示されるようになったこともあり、本書がデンマークで出版された二〇〇三年以来、遅々としてではあるが軒数、ベッド数ともに上昇しつづけている。本書はホスピスの実態調査をしたものでないため最新の情報を掲載することはできないが、興味のある方は、巻末に記した二〇〇三年現在のホスピスなどの一覧を参考にしてインターネットなどで調べていただきたい。

ホスピスの考え方とその必要性に対して理解していただける読者が一人でも多いことを願って翻訳をしたわけだが、最初からこの原稿を出版しようと出版社が決まっていたわけではなかった。旧知の間柄である須山玲子氏の多大なる努力と協力のおかげで株式会社新評論の武市一幸氏の理解が得られて、ここに邦訳出版を実現することができた。世界経済不況が日本の出版業界にも波及しているということを耳にする現在、今さらながら幸運であったと思う。とくにお二人に、心からお礼を申し上げたい。

また、本書を読んでいただいたことで多少なりともホスピスに対する理解が深まり、そのことをより多くの方々に伝えていただければ訳者としては望外の喜びである。

二〇〇九年　三月　三一日

フィッシャー・緑

癌対策協会（Kræftens Bekæmpelse）

Strandboulevarden 49, 2100 Copenhagen Ø
電話：35 25 75 00
Eメール：info@cancer.dk
ホームページ：www.cancer.dk
癌ホットライン：8030 1030

デンマーク緩和医療協会（Dansk Selskab for Palliativ Medicin）

この協会は2001年6月13日に設立第1回総会をもった。この協会の目的は緩和医療に関心をもらつ医師に対して共通のプラットフォームを築くと同時に、研究および同時に学際的な専門分野を推し進めることにある。

会長：主治医 Per Sjøgren、学際的痛み対策センター、
Rigshospitalet
秘書課：Fællessekretariatet, Kristianiagade 14, 4.tv., 2100
Copenhagen Ø
電話：35 44 84 01、FAX：35 44 84 08
Eメール：bje@dadl.dk
ホームページ：www.dspam.suite.dk

緩和治療推進のための協会（Foreningen for Palliativ Indsats）

瀕死の患者、その周辺の家族のニーズにかかわる幅広い専門家のサークルにより、1990年11月24日みに設立された。協会の目的は学際的基盤の下に、重病および瀕死の患者とその家族の介護、治療、思いやりを提供することである。

会長：総合医 Ivar Østergaard
Eメール：ivar.oestergaard@dadlnet.dk
ホームページ：www.palliativ.dk

カミリアーナゴー・ホスピス（KamillianerGaardens Hospice）
ベッド数12（緩和治療センター）
Kastetvej 3, 9000 Aalborg
電話：96 31 11 00　　FAX：96 31 11 29
Eメール：info@hospice-aalborg.dk
ホームページ：www.hospice-aalborg.dk

ビスペビヤ病院、緩和治療部（Palliativ Medicinsk Afdeling-Bispebierg Hospital）
ベッド数12（ベッドは自由病院選択制に含まれている）
Bispebjerg Bakke 23
2400 København NV, 2.
電話：35 31 62 25（病棟）、または 35 31 20 82（秘書課）
FAX：35 31 20 71　　Eメール：palliative@bbh.hosp.dk
ホームページ：www.bispebjerghospital.dk/BBHpalliativ-p20.nsf/SkalKategorier/Velkomst
緩和治療部は、1日24時間電話連絡が可能である。緩和治療部にはこのほか、通院患者用ベッド二つ、および往診機能がある。この機能のため医者・看護師が常に患者40人ほどに対応しており、加えて研究ユニットもある。

ホスピス・フューン（Hospice Fyn）
ベッド数12（2004年完成の予定、病院自由選択制に含まれる）
Sanderumvej 130, 5250 Odense SV

その他の連絡先情報

ホスピスフォールム　デンマーク（Hospice Forum Danmark）
会長：企業顧問オーレ・バング（Ole Bang）
Brohuset, Vesterbro 102, 9000 Ålborg
電話：58 58 51 03、FAX：58 58 51 04
Eメール：ob@hospice.dk
ホームページ：www.hospiceforum.dk

ホスピスの一覧 （2003年現在）

聖ルカ・ホスピス（Sankt Lukas Hospice）
ベッド数12（病院自由選択制度に含まれる）
Bernstorffsvej 20, 2900 Hellerup
電話：39 45 52 00　　FAX：39 45 51 00
Eメール：hospice@sanktlukas.dk
ホームページ：www.sanktlukas.dk

聖ルカ・在宅ホスピス（Sankt Lukas Hjemmehospice）
Bernstorffsvej 20, 2900 Hellerup
電話：39 45 52 00　　FAX：39 45 51 01
コペンハーゲン県在住、回復の見込みのない、あるいは瀕死の市民のための在宅ホスピス

ディアコニッセ（Diakonissestiftelsens Hospice）
ベッド数10（病院自由選択制度に含まれる）
Hospice of Nursing Sisters, Institution
Dronningensvej 16, 2000 Frederiksberg
電話：38 38 49 49　　FAX：38 38 49 40
Eメール：Hospice@diakonissen.dk
ホームページ：www.diakonissen.dk/hospice

聖マリア・ホスピスセンター（Sct. Maria Hospice Center）
ベッド数12（病院自由選択制度に含まれる）
Blegbanken 3, 2, 7100 Vejle
電話：76 40 53 53　　FAX：76 40 53 50
Eメール：Hospice@hospice.vejleamt.dk
ホームページ：www.sctmariahospice.dk

ホスピススーホルム（Hospice Søholm）
ベッド数11（オーフス県およびオーフス市の住民のみ収容）
Bispevej 70, Stavtrup, 8260 Viby J
電話：87 33 31 11 または 87 33 31 15　　FAX：87 33 31 14

訳者紹介

フィッシャー・緑（Midori Fischer）

1942年生まれ。

1964年よりデンマーク在住。

2000年よりデンマーク日本人会会長として、在留日本人間のネットワーク確立、デンマークと日本の相互理解に努める。

通訳、翻訳、視察研修コーディネーター業。

企画・編集協力者紹介

須山玲子（すやま・れいこ）

1939年生まれ。

1962年、上智大学文学部英文科卒。

2001年、文化庁派遣在外研修生としてデンマークで研修した後、「すかがわ国際短編映画祭」で、主として北欧の優れた児童映画を紹介している。

フィルム・コーディネーター。

天使に見守られて
——癌と向きあった女性の闘病記録——

（検印廃止）

2009年5月25日　初版第1刷発行

訳者　フィッシャー・緑
企画・編集協力者　須山玲子
発行者　武市一幸

発行所　株式会社　新評論

〒169-0051
東京都新宿区西早稲田3-16-28
http://www.shinhyoron.co.jp

電話　03(3202)7391
FAX　03(3202)5832
振替・00160-1-113487

印刷　フォレスト
製本　桂川製本
装丁　山田英春

Printed in Japan
ISBN978-4-7948-0804-2

新評論　好評既刊　高齢社会を考える本

松岡洋子

デンマークの高齢者福祉と地域居住

最期まで住み切る住宅力・ケア力・地域力

住み慣れた地域で最期まで！ デンマーク流最新“地域居住”の実像。

[四六上製　384頁　3360円　ISBN4-7948-0676-0]

蝦名賢造／写真=蝦名千賀子

いかなる星の下に

戦前・戦後を生き抜いた二人の高齢者の結婚から「永遠の愛」を探る。

[四六上製　268頁　2520円　ISBN4-7948-0634-5]

西下彰俊

スウェーデンの高齢者ケア

その光と影を追って

福祉先進国の高齢者ケアの実情解明を通して日本の課題を探る。

[A5上製　260頁　2625円　ISBN978-4-7948-0744-1]

P.ブルーメー＆P.ヨンソン／石原俊時　訳

スウェーデンの高齢者福祉

過去・現在・未来

200年にわたる高齢者福祉の歩みを辿り，この国の未来を展望する。

[四六上製　188頁　2100円　ISBN4-7948-0665-5]

河本佳子

スウェーデンのスヌーズレン

世界で活用されている障害者や高齢者のための環境設定法

「感覚のバリアフリー」が実現する新たなコミュニケーション。

[四六上製　206頁　2100円　ISBN4-7948-0600-0]

＊表示価格はすべて消費税込みの定価です。

新評論 好評既刊 ケア・教育・社会を考える本

河本佳子
スウェーデンの作業療法士
大変なんです、でも最高に面白いんです

福祉先進国の「作業療法士」の世界を現場の目線でレポート。
[四六上製 264頁 2100円 ISBN4-7948-0475-X]

河本佳子
スウェーデンの知的障害者
その生活と対応策

障害者の人々の日常を描き、福祉先進国の支援の実態を報告。
[四六上製 252頁 2100円 ISBN4-7948-0696-5]

L.リッレヴィーク 文／K.O.ストールヴィーク 写真／井上勢津 訳
わたしだって、できるもん！

共生の喜びを教えてくれるダウン症の少女クリスティーネの成長記録。
[A5並製 154頁 1890円 ISBN798-4-7948-0788-5]

A.リンドクウィスト＆J.ウェステル／川上邦夫 訳
あなた自身の社会
スウェーデンの中学教科書

子どもたちに社会の何をどう伝えるか。皇太子徳仁親王激賞の詩収録!
[A5並製 228頁 2310円 ISBN4-7948-0291-9]

オーエ･ブラント／近藤千穂 訳
セクシコン　愛と性について
デンマークの性教育事典

「性教育＝人間教育」という原点に立って書かれた「読む事典」。
[A5並製 336頁 3990円 ISBN978-4-7948-0773-1]

＊表示価格はすべて消費税込みの定価です。